KB072081

엄마로 자란다

엄마로 자란다

2017년 4월 5일 초판 1쇄 발행

지은이 김새별

펴낸이 정해종
마케팅 심규완, 김명래, 권금숙, 양봉호, 최의범,
　　　　임지윤, 조히라

펴낸곳 박하
주소 경기도 파주시 회동길 337-16 3층
팩스 031-955-9914

책임편집 김새미나, 이기웅
경영지원 김현우, 강신우
해외기획 우정민

출판신고 2016년 5월 20일 제406-2016-000066호
전화 031-955-9912 (9913)
이메일 bakha@bakha.kr

ⓒ 김새별
(저작권자와 맺은 특약에 따라 검인을 생략합니다)

ISBN 979-11-87798-07-1 (03810)

시드앤피드는 박하의 출판 브랜드입니다.

· 이 책은 저작권법에 따라 보호받는 저작물이므로
　무단전재와 무단복제를 금지하며,
　이 책 내용의 전부 또는 일부를 이용하려면
　반드시 저작권자와 박하의 서면 동의를 받아야 합니다.
· 잘못된 책은 구입하신 서점에서 바꿔드립니다.

· 이 책의 국립중앙도서관 출판시도서목록은
　서지정보유통지원시스템 홈페이지(http://seoji.nl.go.k)와
　국가자료공동목록시스템(http://www.nl.go.kr/kolisnet)에서
　이용하실 수 있습니다. (CIP제어번호: 2017006927)
· 책값은 뒤표지에 있습니다.

그 림 그 리 는 별 카 피 의 임 신 일 기

엄 마 로
자 란 다

김새별 글·그림

PROLOGUE 008

PART 1
모든 날이 처음이다
임신 확인부터 12주까지

011

두 줄 | 미안해 몰랐어 | 첫 좌절 | 잘 부탁해 | 그래서 그림이 | 위기의 아기집
내가 왜 그랬지 | 임신 증상 찾기 | 매정한 예정일 | 남편은 못 사다 주는 것
단발 투혼 | 아직 멀었어 | 감기도 무서워 | 입덧 급상승 주간 | 꿈에서라도 | 엄마를 고민하다
입덧 우울증 | 11주의 배신 | 내겐 너무 먼 산부인과 | 엄마도 위해줘 | 3D로 만나요 | 이게 X배라니
증상은 거들 뿐 | 입덧 생존법 | 금기 노이로제

PART 2
하루하루 산을 넘듯
입덧 이후부터 24주까지

063

뜻밖의 퇴근길 | 그림아, 그림아 | 후유증의 시작 | 약간의 조언 | 아기의 세상

사랑의 태교쏭 | 엄마의 '지금' | 고양이 루시 | 여름과 임신의 한가운데 | 겸손하겠습니다

관리는 초음파 때부터 | 그림이, 나의 딸에게 | 태교 여행? 안 가요

입덧이 잘못했네 | 둘이서 출근 | 첫 태동 | 태동 24시 | 만병의 습격 | 배려의 타이밍

순백의 임산부 | 첫 배뭉침 | 절반의 여행 | 배뭉침의 딜레마 | 위험한 초음파

믿을게 기다릴게 | 부부의 가을 | 위험한 나라 | 노란 리본을 잇다 | 우리가 너만 했을 때

내 어린 선배님 | 매일이 시험 | 부부의 열 달

PART 3

어렵고 두렵고 행복했던

임신 후기, 입원 그리고 막달까지

133

내 딸이 먼저 | 슬픈 지하철 | 사계절이 무서워 | 안 착한 임산부 | 긴 하루의 낙 | 그림이의 꿈
임당의 맛 | 초음파 숨바꼭질 | 고마워 그림아 | 임산부의 스타일 | 아기들아, 안녕?
벌써 너무 예뻐 | 내 안의 알람 | 온몸이 난국 | 그때가 좋을 때야 | 눈물의 퇴근길 | 배뭉침 상담
방심은 금물 | 10주를 남기고 | 엄마가 참을게 | 병실의 날들 | 불면의 막달 | 둘이. 함께. 셋으로.

PART 4
모험왕 그림이
187

돌고래를 타고 | 은하수를 건너 | 유니콘과 함께 | 11월을 지나 | 깜깜한 길 끝엔 | 오늘의 아기들
꼬까옷의 나라 | 파도랑 놀자 | 잘 자, 그림아 | 토끼는 두근두근 | 곰들에게 발차기 | 벌새들의 주사
한 달의 모험 | 하루의 모험 | 맛있는 나무 | 메리 크리스마스 | 이름 나와라 뚝딱 | 힘이 함께하길
Happy New Year | 고양이로 크렴 | 그림아, 엄마 여기 있어 | 새 모험의 시작

EPILOGUE 238

이 책은
임신 권장 도서가
아닙니다

고백합니다. 긴 시간 아기를 바랐으면서도 나는 임신에 심히 무지하였습니다. 아기만 생기면 만사 해결되는 줄, 열 달 동안 그저 자연스럽게 배가 부르고 아름다운 만삭 임산부가 되어 어느 날 밤 "여보, 아기가 나올 것 같아요!" 하고 병원에 달려가서 힘을 주면 아아, 사랑스러운 아기가 태어나고 행복한 가족이 완성되는 줄 알았습니다.

대가는 혹독했습니다. 무방비 상태인 내게 임신이 들이닥친 후, 나는 한순간도 마음 놓을 수 없는 열 달을 보냈습니다. 그 시간 동안 가장 많이 한 것은 후회였습니다. 나와 아기, 두 사람을 지킬 수 있을 만큼 몸과 마음이 건강해야 했다고. 집과 회사, 그 외 모든 일상에서 맞을 변화를 각

오해야 했다고. 무엇보다 내가 '엄마'가 될 준비가 되었는지 더 냉정히 확인해야 했다고. 나는 후회하고 또 후회했습니다.

그래서 이 책은 임신 권장 도서가 아닙니다. 차라리 임신 경고 도서가 맞겠습니다. 임신이 주는 기쁨, 감동, 즐거움보다 고민, 고생, 혼란에 대한 이야기가 넘치는 책이니까요. 들춰볼 때마다 부끄러울 만큼 제가 겪은 그 시간들을 솔직하게 기록했습니다. 임산부가 될 당신이 이 책을 읽고, 나보다 훨씬 평안한 열 달을 보냈으면 하는 마음으로. 임산부와 마주칠 당신이 이 책을 읽고, 매 순간이 시험이고 도전인 그녀들을 좀 더 배려해 주었으면 하는 바람으로. 언젠가 반드시 누군가의 태아였을 당신이, 임신의 여러 얼굴에 공감해주었으면 하는 욕심으로.

그래도 나는 분명 행복했습니다. 평생 못한 경험도 해보고, 나 자신과 세상과 인생을 다시 들여다 볼 기회도 얻었습니다. 그렇게 임신을 지나며 나는 '엄마'로 조금 자랄 수 있었습니다. 후회로 점철된 열 달이었지만 시간을 돌려도 나는 같은 선택을 할 것입니다. 그 열 달의 결말을 아니까요. 내게 하나의 결말이자 모든 시작이 되어준 나의 아기 그림이, 그리고 함께 임신을 견뎌낸 남편 이주윤 씨, 나를 지탱해준 가족들, 친구들, 동료들에게 감사와 사랑을 전하며, 긴 열 달의 이야기를 시작합니다.

모든 날이 처음이다

임신 확인부터 12주까지

첫 임신, 첫 초음파,
첫 입덧, 첫 응급실…
모든 것이 새로운 기쁨이었던
모든 것이 낯선 불안이었던
임신 초기의 일기

'오빠 오늘 한잔 못할것같애.'
'우리 작은 방 주인 생겼어.'
'저 와인들 봉인합시다. 2년만.'
수많은 멘트를 구상 했었는데(직업병)

'오빠 ...'
하고
울어버렸다.

2016.5.8. 어버이날. 어버이가 되다☆
예비

두 줄

2주년 결혼기념일이
2주 지난 어버이날이었다.
결혼하고 처음, 기뻐서 울었던 날.

하지만 그 후 아홉 달을 돌아보면
근심 걱정 없이 기뻤던 날은
이 날 하루뿐이었다.

모 든 날 이 처 음 이 다

미안해 몰랐어

"임신인 줄 모르고 한 일은 무효!"

이 말을 만들어낸 누군가에게 감사.
수정란일 때부터 너무 강하게 키워버린
우리 아기에겐 미안.

처 음
산부인과에
간 날

떨려→

아기집이
아직 안보이네요.
다음주 다시 보시죠.

착상이 늦었거나,
자궁외임신
일수 있어요.

피고임도 있네요.
배 아프면 바로
병원 오세요.

상냥하지만
단호한 의사선생님.

그 날밤 엉엉 울었다 ★

첫 좌절

최악 중의 최악만을 이야기하시는
의사 선생님 앞에서
나는 너무 심약한 초보 임산부.

'임신 초기'
'아기집'
'자궁 외 임신'
'피고임 증상'
…
끝없는 검색어를
임산부 커뮤니티 검색창에 입력하는 날들이 시작되었다.

　　　　모 든 날 이 처 음 이 다

걱정하는 엄마에게 화를 내고, 다 잘될거라는
친구 전화에 울고, 옷난 며칠을 보내다 마음을 고쳐먹었다.
이렇게 심약한 인간이 다른 인간을 어떻게 키워.

"난 나를 키워야 돼서 애까진 도저히 못 키워~"
임신을 미루는 동안 농반진반 말했었는데.
내가 날 키우는 게 요원하여 아기가 온 게 아닐까.
나 키워주려고.
그래 우리 같이 잘 커보자.

아기야 그...
집이라는 게.
태어나면 참
갖기 힘들단다.

엄마 배는 근거지심하
크게 튼튼하게
맘껏 지으렴 ♥

새미

그리고
이딴
태교를 시작함 ✴

잘 부탁해

엄마도 쑥쑥 커서 강한 엄마가 될게.
아가야, 열심히 집 짓고
건물주가 되렴 ♡

임신했지만 임신한 것을 몰랐던
니월말 5월초, 힘든 일이 겹쳐 매일 울던 때,
갑자기 마음이 말했다.
" 나쁜 감정이 날 잡아먹게 두지말자.
예쁜 그림을 그리자. 날위해 내가 그려주자.
그릴 때도, 다시 봐도 마음에 힘이 되는 예쁜 그림 "
그 후로 틈만 나면 그림을 그리며 웃었다. 그래서,

"그림아"

그림이는
그림이가 되었다★

그래서 그림이

엄마도 모르게
태교를 조종하고
태명까지 스스로 짓다니.

나… 엄청 주도 면밀한 아기를 갖게 된 것 같아.

(막생 기준) 6주 만에 드디어 아기집 확인!
아침부터 배가 아파 급히 병원 갔는데...다행ㅠㅠ
그러나 결국, 피고임이 위험 수준이 되었다 진단 받고
2주 간의 감금 생활을 시작하게 되었다...*

위기의 아기집

"정말 이 게임 그래픽 같은 화면에서
나중에 아기도 보게 되는 걸까?"
초음파로 처음 아기집을 확인한 순간,
기뻐하기엔 너무 실감이 나지 않았다.
게다가 희소식 바로 뒤에 무서운 경고라니.

임신 초기 피고임은 꽤 흔하지만
내 경우엔 양이 늘어나고 있고,
위치도 아기집 옆이라 위험 진단이 내려졌다.
치료법은 피가 흡수될 때까지 오직 누워 지내는 것.
이왕 이렇게 된 거, 잘 먹고 푹 쉬라고
주위에선 응원들을 해주었지만
작아진 내 마음엔 몇 센티미터짜리 피고임이
바윗덩이처럼 얹혔다.

피꼬임 때문에 ...
그링이가 잘 있는지
　　불안하다.
차라리 입덧이라도
하면 마음이 놓일텐데

... 라고 생각하던
5주차의 나의
먹살을 잡고싶은
6주차의 나 ... ✗

입이!!
방정이지!!!

내가 왜 그랬지

처음 미식거리기 시작했을 땐 기뻤다.

그림이가 잘 지낸다는 증거니까.

대신 내가 아주아주 못 지내게 될 거라는 사실을

그땐 몰랐지.

임신 초기 (5~7주)
나의 변화★

집에만 있는게 아쉬워..

바스트는 커지고 배는 아직 안나오고. 지금이 내 몸매 리즈시절인데!)

졸음이 쏟아짐. 막 20시면 잠.

눈물 많아짐.

양치질하다 구역질하며 아침 시작. 곧 시도 때도 없이 구역질.

배가 아파서 걱정했는데 가스찬거... 왼쪽 배가 쑤시는 건 피곤일 때문일 거라고.

손발이 하루종일 뜨끈뜨끈! 젤 신기. 나 수족냉증인데.

그림아...
엄마가...
너 태어나기 전엔
철이 들까?

임신 증상 찾기

"이거 혹시 임신 증상인가?"
"이것도?!"
조금만 몸이 달라져도
다 임신 탓인 듯.

임신 초기의 불안함을
증상 놀이로 달래던 시기.

모 든 날 이 처 음 이 다

7주 3일째 날, 일주일간 맘 졸이며 누워 지내다 그림이를 보러갔다. 초음파 화면 안에선 희끄무레한 작은 것이 팔딱팔딱 움직이고 있었다.

"심장 뛰는 거예요. ^^" 선생님은 심장박동을 확인하고 처음으로 그림이크기도 재 주셨다. 산모 수첩까지 받으니 또 눈물이 글썽. 그런데...

이보시오, 의사냥양반- 내가 6주라니!! 내가 6주 라니?!!!

6

6 산모 수첩.

7주 3일 → 6주 1일. 예정일 1월 11일 → 20일. 압빗이 <u>10일</u> 뺙도하였습니다...✳

매정한 예정일

초기엔 임신 주수를 마지막 생리 시작일 기준으로 계산하지만
심장박동을 확인할 때쯤 아기 크기를 재면서
더 정확한 주수와 예정일이 나오게 된다.

예정일을 정확히 지키는 아기는 많지 않으니까
며칠 달라지는 게 큰 의미는 없다고들 하지만
'12주의 기적'만 기다리던 입덧인들에겐
이보다 더 큰 청천벽력이… (눈물).

임신하면 먹고싶은게 많아진다더니 ...

계란말이　멸치볶음　감자볶음　소고기미역국　카레

난 왜
엄마밥만
먹고싶을까★

약처럼
먹는
키위.

남편은 못 사다 주는 것

"어릴 때, 아무 걱정 없을 때 먹던 것들이
생각나는 거구나."

혼자 끙끙 앓다 전화했던 날,
수화기 너머 엄마가
글썽이는 목소리로 말씀하셨다.

2주만에 출근을 시작했다, 그리고,
2년만에 머리를 확 깎아버렸다!

그림이는
태어나니
엄마가 투블럭 ＊

단발 투혼

피고임이 거의 없어졌단 진단을 받고
2주 만에 회사로 복귀하며
2년간 겨우 기른 머리를
숏컷으로 깨끗하게 밀어버렸다.

그림아, 보이니? 머리로 갈 영양분까지
너에게 다 주려는 나의 모성애가….
(절대 긴 머리가 귀찮아서가 아니야)

모든 날이 처음이다

8주차. 2주만에 산부인과 방문.
진료 전에 '산전관리실'에 처음 가보았다.
산전관리실은 이름 그대로 산전 검사 등 각종 스케줄을
관리해주고, 지난검사 결과를 설명해주며, 임신중
생활 밀착형 상담을 해주는 곳이(-ㄴ것같)다.

체중 늘지   16주까지 비슷하게   아마 그때쯤엔
안는다고   유지하다. 애기 크면서   식욕도 폭발할
걱정마세요.   같이 증가하는게 좋아요.   거예요.

입덧 심하시죠? 아이고..
피크는 10주예요.

하하하
기대되네요
하하하...

엄마는 못 먹지만, 그림이는 1.8cm로 자랐다 합니다 ✗

아직 멀었어

임신하고 가장 많이 들었던
따뜻한 응원 한마디.

"힘들지?
점점 더
힘들어질 거야. ^^"

➕ 응급실

태어나서 처음 와봤다,
아침부터 목이 찢어질 듯하더니
저녁에 결국 열이 올라서,
고열은 태아에게 위험하다길래
놀라서 달려왔다,
그림이 걱정에 몸보다 마음이
더 아팠다,
임신부에겐 감기도 큰 병이고
큰 잘못인것만 같았다★

응급실엔
X-124 초등이가
많아서 임산부는
밖에 앉아 있어야...

새벽까지 회식하고
감기 걸려와 옮긴 인간,
(이란 소리 평생들을 예정)

감기도 무서워

병원에 가긴 했지만 할 수 있는 건 없었다.
다행히 열이 떨어져 터덜터덜 집에 돌아왔다.

누구보다 조심해야 할 몸이지만
정작 문제가 생겼을 땐 손 쓸 방도가 없는 몸.
온갖 오염과 위험에 노출된 어른의 몸이면서
약도 치료도 위협이 되는
아기를 기준으로 살아야 하는 몸.
'임산부의 몸'의 부당함을 처음 실감한 순간이었다.

임신 8~10주
나의 변화:

사춘기 이후 최악의 여드름.
잇몸과 입안 출혈, 오른턱 악관절 통증.
냄새의 습격, 자동차, 샴푸, 로션, 섬유유연제...
하루 종일 10주, 토하기 직전
8주까지의 미식거림 강도
체중(당연히)감소.
바나나, 두유, 씨리얼, 엄마미역국, 만 먹힘.

하루 종일 회사에서 참다가, 택시 타고 퇴근해서
아파트 앞에 내리면 집에 들어오며 폭풍 구역질을 했다.
단지에 괴담이 돌까 걱정될 지경이었다*

입덧 급상승 주간

"한 번 토하면 계속 토해. 속 다 버리니까, 가능한 참아. ㅠㅠ"
먼저 호되게 겪은 친구의 충고를 따라,
입덧 기간 내내 최선을 다해 구토를 참았다.

친구 덕에 나의 위장은 구했지만, 매일 나는
"꾸웨에에에엑!!!"
"꾸웨에에에엑!!!!!"
동네 사람들은 아마… 공룡이 출몰한 줄 알았을 거야.

망아지처럼 계단이나 길을 뛰어다니거나 흥청망청
마시고 놀거나 훌쩍 멀리 여행가는 꿈을 매일밤 꾸었다.
아니 그림아 엄마가 임신 전으로 돌아가고 싶은건 아니구...木

꿈에서라도

임신하면 꿈을 엄청 꾼다던데
하루아침에 수도승처럼 사느라 그런가.
밤마다 현실도피하는 꿈만.

이해해줘 그림아.
엄마도 욕망 많은 인간이야. --

사실은 엄마가 되는게 무섭다

사람을 키운다는 게 무섭다. 그래서 책을
읽고 육아사이트를 뒤지고 전문가나 다른 부모들의
좋은 이야기를 받아적어 보고 ... 하지만
그림이를 낳고 실전이 닥치면 난 우왕좌왕
다 까먹어 버릴것임을 안다.

스스로 행복한 사람으로 키우고 싶다.
남의 시선이나 기준에 흔들리지 않는
생각과 취향이 확실한 사람이면 좋 · · ·   겠다.
그만큼 타인도 존중해야함은 물론 · · ·   이다.

하지만 나부터 이런 사람이 아니라면, 최소한
노력이라도 하지 않는다면, 다 연애 시절 이상형
타령처럼 공허하겠지 ... 결국 답은 내 안에 있다

엄마를 고민하다

그림이를 고민하다 보면

그 끝은 결국 나를 향한다.

"그림이는 나 안 닮았음 좋겠어!"

농담처럼 말하지만, 불가능하다는 걸 안다.

내가 좋은 사람이 되어야

그림이도 좋은 사람으로 키울 수 있을 거야.

사실 요즘 너무너무 우울하다

사는 낙이 하나도 없다.
맛있는 것을 좋은 사람들과
맛있게 먹는 것이 얼마나 큰
기쁨인데.... 지금은 살기위해
먹는다. 회사에선 미역국과 햇반을
데워 혼자 꾸역꾸역 먹는다.

인내심의 85%를
입덧 참는데 쓰고 있다.
긴장을 풀면 언제 어디서든
토할수 있을 것 같다.

내일이 안 오면 좋겠어
...

아니 눈 뜨면 임신 안 했기 옜으면
좋겠어
...

미안함이 폭발한다.

그리고 그림이가 그립다.

옆사람들이 바쁜 와중에 나까지
배려해주는 게 너무
미안하다. 그 배려를
뿌리치고 씩씩할 수 없어
더 미안하다.

아직 태동도 못느끼니.
그림이를 실감할 방법은 병원 초음파뿐이다.
내 배속에 있는데 그리운건 대체 무슨 감정이지✳

입덧 우울증

엄마가 되고 싶은 여성에게 임신은 축복이지만
한 사람으로서의 여성에겐
삶의 질이 손쓸 수 없이 추락하는 시간일 수 있다.
임신을 결정할 때 아기만 생각할 게 아니라
내 생활의 많은 부분을 바꾸거나 포기할 각오도
해야겠단 생각이 그제서야 들었다.

이 시절 이렇게 폭주하던 나는
그래도 서서히 컨디션을 되찾았지만,
출산 전날까지 토했다는 친구들은 어떻게 견뎠는지
짐작도 가지 않는다.

기다리고
기다리던
11주!

누가···
10주가···
입덧
피크래···

입덧은 최고! 삶의 의욕은 최저!
심오한 육아고민은 구역질과 함께
사라지고··· 인생 한번뿐인 올 여름은
입덧으로 가버릴테고, 이렇게 몸이 시키는
대로 버티고 낳고 키우다 보면 난 30대를 다
보내게 되겠지···' 하며 나는 울었다ㅠㅠ
그림이에게도 미안하고 나도 안쓰러운 날들★

11주의 배신

"소주 양주 와인을 밤새 섞어 마신 다음 날
통통배를 타고 바다에 나가
어마어마한 숙취와 배멀미에 시달리는데
가도 가도 육지가 보이지 않는 상태"

…로 두 달을 지내다 보니,
내 안에 피어나던 모성애는
그림이 대신 나를 향해 폭발!
다행히 입덧은 11~12주에 정점을 찍고 하강을 시작하여
눈물의 일기는 여기서 (일단) 끝이 났습니다.

4주만에 그림이 보러 병원 가는 날.
너무 설렜는지 새벽 나시에 깨버렸다.
말똥말똥 누워있으니 며칠전 통화가 생각났다.

월화수목금 입덧과 싸우며 회사 다니고 나면 주말엔
누워있을 힘밖에… 게다가 토요일 아침 산부인과 대기실은
휴가철 공항 뺨치는 것. (남편 동반 때문인 듯)
하지만 그림아 엄마 맘 알지? 귀찮아서가 아니라 뭣보다
너를 믿기 때문이란다 ~ 핫하하하핫하하 ✸

내겐 너무 먼 산부인과

'직장+임신도 이렇게 힘든데
직장+육아는 대체 어떤 세계인가….'
'아니 임신은 혼자 하지만 육아는 같이 하니까….'
'그래 남편은 나보다 살림도 더 잘하니까 육아도….'

'예비' 워킹맘의 머릿속이
어지러워지기 시작했다.

[12주차
산부인과 ① 산전관리실.]

한 달 전 산전검사 결과 설명부터 들었다.
비타민 D 수치가 평균보다 매우 높다고 칭찬 받았다??
(↳ 임신성당뇨, 임신중독 예방에 좋다고.)

적당히 걸으시고
맛있게 드시고

하루 두 끼 드셔던 분이
임신했다고 세 끼 드실
필요는 없어요.

엄마가 평소처럼
잘 지내는 게
가장 좋은 거예요.

명심하자, 나한테 편한 게 그림이한테도 편한 거다!
(= 그럴 수 있는 마지막 열 달이다 ㅠㅠ) ✕

엄마도 위해줘

12주, 임신 초기의 문턱을 넘고 찾은 산부인과.
나도 이제 어엿한 예비 엄마라고 우쭐했는데.
나부터 위해주란 말에 이리 안심이 되는 걸 보면
아직 내 마음은 아기인가 보다.

[12주차
산부인과② 입체 초음파.]
목투명대 두께와 콧대를 확인하면서 그림이를
처음 3D로 만나는 감동적인 시간,,, 이었으나 그림이가
아기집 구석에 머리를 끼워넣고 (,,,왜,,,) 있어 검사
불가능. 좀 걸어다니다 오라고 (아기 자세 바뀌게) 쫓겨났다.

걷는걸로 될까?
물구나무를 서볼까?

제에발
참아,,,

다행히 그림이 포지션이 바뀌어 검사는 잘 받았지만
자세가 이상한 것이 혹시 날 닮은 걸까 불안해졌다.
누누이 말했지만 그림아, 엄마 닮지 마,,, ✕

3D로 만나요

그 조그만 그림이가
제법 인간의 형상을 한 게 신기해
처음 받아든 입체 초음파 사진을
남편과 머리를 맞대고
대기실에서 한참 들여다보았다.

모 든 날 이 처 음 이 다

[12주차
산부인과 ③ 진료실]

의사 선생님과 일반초음파, 장기(!) 위주로 보여주셨다.
좌뇌·우뇌도 생기고! 좌우 심방, 심실도 생기고! 위도 생겼다!
짜식,,, 쪼그만게 (6cm),,, 장하다 ㄲㅋ
마지막으로 선생님께 그간 제일 궁금했던 것을 여쭤봤다.

간호사님이 뒤따라 나오며 배 쪽으로 지방이 몰려서 그리
느낄 수 있다고 다독여 주셨다,,, 고마워요 ,,,☆

이게 X배라니

분명히 이때쯤부터
입던 바지가 불편해지기 시작했는데???
선생님… 꼭 그리 정직하셔야 했나요….

임신초기정리 ① 증상

초기 증상에
일희일비
하지
말것!

사람얼굴이
다르듯
임신증상도
다
다른다!

의
나의
임신멘토
M양.

임신에 안정기는 없다지만 12주까지는 더더욱 조심해야
된다는 시기라, 증상이 있든 없든 임신이 잘유지되고 있는
것인지 걱정하게 된다. 하지만 신체 변화부터 입덧 강도
까지 임신증상은 사람마다 천차만별, 없다고 불안할
필요도, 심하다고 나만 유난인가 좌책감느낄 필요도 없다.
'비정상적 복통, 출혈이 있을 때 바로 병원에 간다'만
명심하고 편안히 지냅시다 여러분, 난 못그랬지만..★

증상은 거들 뿐

조금만 이상해도 걱정하고, 검색해보고….

4주부터 12주까지, 내 인생 가장 소심하게 보낸 두 달.

다른 사람들이 하는 말보다

내 안의 아기에게 집중하는 게 가장 좋은 시간이지만

사실 안다. 그러기 너무 어렵다는 걸.

아직 입덧 말고는 아기를 실감할 방법도 없는걸.

임신초기정리② 입덧

어제 맛있던
음식이
오늘 고문이
될 수 있다!
바나나

방심하지말고
포기하지말고
'내가먹을수있는음식'
을 찾읍시다

고구마   두유   위트빅스   에그롤밀   옥수수빵   미역국   죽
              (無맛씨리얼) 샌드위치   (엄마)

나는 소문 난 면순이 빵순이 였는데 입덧이 시작되자
쳐다보기도 싫어졌다. 좋아하던 우유,요거트도 입도 못대게 되었다.
그러나 '신거'도 전혀 당기지 않았고 추천받은 크래커, 사탕도
맞지 않았끄 그래서 간신히 찾은 음식들이 위와 같다. (다 집밥...)
헌데 막판에 찾은 가장 잘 맞는 음식은 무려 부리또... 누구!
이렇듯 답은 의외의 곳에서 튀어나올 수 있습니다...입덧인들 화이팅끄끄

입덧 생존법

입덧이 엄마가 건강한 것만 골라먹게 하려는
자연의 섭리라고도 하던데.
정말 그런 것 같기도 하다.
입덧 이후 술, 커피 등은
생각도 하기 싫어진 걸 보니.

모 든 날 이 처 음 이 다

임신초기정리③ 금기사항

인터넷에 검색해보면 특히 임신금기음식이 참 많다.
다들 나처럼 궁금했는지 '임신+거의 모든음식'이 검색어로
자동완성될 정도다. 하지만...

이게 다 금기음식이면   인류는
라면 녹차 율무 속주 녹두   씨가
과자 커피 팥   말랐겠다
파인
말가루 애플 생강   !!!!!!
한약재 참외 찬거
참치 덜익거...

쭈그려 앉기, 무거운것 들기 등 '배, 허리에 무리가가는자세'
술, 담배 처럼 '일반인에게도 안좋은 기호품'
한여름 회, 초밥 등 '식중독위험음식' 정도 피하면 되지 않을까★

금기 노이로제

아니 밀가루가 금기 음식이면
다른 나라 엄마들은… (먼 산).
임산부의 가장 큰 금기는
스트레스라는 것만 명심, 또 명심.

PART
2

하루하루 산을 넘듯

입덧 이후부터 24주까지

몸이 변하는 만큼

마음도 널을 뛰고

오늘이 지나갔다 숨 돌리면

내일이 숨 가쁘게 닥쳐오고

변화와 격동의 매일을 보낸

임신 중기 이야기

12주를 넘어서며 마음도 좀 놓이고 입덧도 내리막.
하지만 그날은 유독 컨디션이 안 좋아, '빨리 퇴근
하고 쉬어야지' 생각했다. 택시를 타고 집에
거의 다 왔을 즈음이었다. 마지막 큰길이었다.
쾅ㅑ!!!!!!!!!!!!!!!!!!!
태어나 처음 겪는 충격에 몸이 확 흔들렸다.
"무...무슨 일이죠, 기사님??"

비도 그치고, 쓸데없이 맑은 저녁이었다.
뒤에서 트럭이 받았다 ☀

뜻밖의 퇴근길

나에겐 태어나 처음 겪는 교통사고.

그림이에겐 태어나기도 전에 겪는 교통사고였다.

태어나 두번째 응급실.
다행히 (그때까진) 거동에 무리가 없어
응급실 밖에 앉아 또 하염없이 기다렸다.
간호사, 의사들이 번갈아 찾아와 똑같은
질문에 똑같은 답만 계속 했다. 한계가 올
즈음 오빠가 달려왔다. 1시간 반쯤 지나
산부인과로 옮겨졌다. 자궁수축검사부터
한다고 했다. 배에 띠를 두르고 어두운 침대에
혼자 남겨졌다. 비로소, 눈물이 주륵 흘렀다.

무슨 생각을 했는지 전혀 기억이 나지 않는다.
머릿속으로 계속 '그림아, 그림아,' 불렀던 것 같다※

그림아, 그림아

내 안의 조그만 그림이가
풍선처럼 커져서
아득한 마음을 꽉 채웠다.
나 아닌 누군가가 무사하길
이렇게 간절히 바란 것도
태어나 처음이었다.

자궁수축, 초음파검사 모두 정상.
뒤늦게 이상 생길 수 있으니 조심하라고곤
했지만, 그래도 눈물나게 다행이었다.
의사는 오히려 내 상태를 걱정했다.
"허리 괜찮으세요? 내일부터 더 아플텐데..."

그리고
그것이   실제로
         아아...   일어났
                        습니...
                        (오열)

그림이가 괜찮으니 괜찮은 줄 알고 출근하던
나는 이틀째부터 걷기도 앉아있기도 힘들
만큼 허리와 골반 통증이 극심해져... 결국
(또) 태어나 처음 병가를 쓰게 되었습니다ㅠㅠ *

후유증의 시작

첫 임신

첫 피고임

첫 응급실

첫 교통사고

또 응급실

첫 병가

…

힘든 만큼 첫 아이는 예쁠까요?

하 루 하 루 산 을 넘 듯

임신 중 교통사고를 당한다면...

사고 나자마자 주변 경험자 (ㄲㅠ)께 조언을 듣고
인터넷으로 사례도 찾아보았다. 다들 이구동성
으로 하는 말씀, "보험 합의는 출산 후에 하라!"
태아도 영향이 있을 수 있지만, 무엇보다 산모에게
후유증이 생길 수 있기 때문이다. 당장 정밀검사도,
제대로 된 치료도 힘드니까, 일단은 맨몸으로 버틸 수밖에.

아무튼 병나든 사고 나든 임신부가 제일 서럽다.
이미 여러 병원을 돌아봐서 하는 말인터, (☆·이제 12주임)

임신부를 ···   ··· 산부인과
반기는   ···   ··· 밖에
병원은   없다!

하긴 돈 안 되고 위험하고, 나같아도 싫겠다 ⁕

약간의 조언

임신 중 교통사고 직후엔
배 통증, 출혈, 분비물이 있는지 확인할 것.

교통사고 뒤 며칠 안에
배뭉침 등 이상 증세가 생기면 바로 병원으로.

부상이나 후유증이 있더라도
허리 부근 찜질이나 물리치료는 금물.

하지만 이 글을 읽는 임산부들께
이 조언이 쓸모없기를 간절히 바랍니다.

교통사고 며칠 후, 병원에 가기위해
어쩔 수없이 택시를 탔다. 뒷좌석에서
안전띠를 매고 혹시 배를 누를까봐 꼭 붙잡고
앉아있었다. 택시가 속도를 낼때마다, 다른
차들이 가까이 붙을 때마다 식은땀이 났다.
간신히 동네에 돌아와 내려 집으로 걸어가면서
'아아 세상이 무서워, 온세상이 위험한 느낌이야'
속으로 중얼거리다 문득, 생각했다.

지금 그림이
에겐   나만
내가 세상의   믿고 있는
전부겠구나.   거구나.

마음이 뭉클 하면서 무거워졌다 ✱

아기의 세상

그림아, 너의 세상이
자꾸… 아니 가끔
화도 내고 욕도 하고
나쁜 것도 막 집어먹어서 미안해.

하루하루 산을 넘듯

며칠 놀랐을 그림이를 위해 태교상을
지어서 불러주었다.
엄마는 그림이를 사랑해♪~
아빠도 그림이를 사랑해♫~

하다가 2절로 넘어가,

하지만 엄마는 아빠를 제일로 사랑해~
아빠도 엄마를 제일로 제일로 사랑해~
그림이도 잘 커서
니짝 찾~으~렴~
♪♫♬♩~

사랑꾼으로 키워야지 ✳

사랑의 태교쏭

내년부터 긴 시간 동안
우리 생활의 중심은 그림이가 되겠지만
우리 가족의 시작은 나와 남편이었음을
꼭 기억하려 한다.

그림이를 보느라고
서로를 보는 걸 잊진 말아야지.

누워만 지내는 딸이 걱정되어, 엄마가 오셨다.
먹을 것을 바리바리 싸가지고 찾아오셨다.
딸에 엄마 안심시킨다고, 웃으면서 이야기했다.

"어쩔 수 없으니 이 시간을 즐기려고요. 이렇게
의미있는 시간은, 앞으로 한참 기다려야 올 거 잖아요."
그러자 엄마가 바로 단호하게 말씀하셨다.

아니. 안와. 지금같은 시간은 다시는 안와.
지금이랑 내 몸, 체력도 다를 거고 무엇보다
마음도 달라. 자식을 낳으면 눈에 보여도
불안하고, 혼자 쉴때도 조바심이나.
그게 엄마야. 살면서 '지금'은
또 없어. 그러니 정말
최선을 다해 즐겨.

엄마는 지금도 엄마한테 배워. 그림아 ✕

엄마의 '지금'

내 나이 서른이 넘어도
엄마 말씀이 다 맞다.
살면서 '지금'은 또 없어.
그림이에게도
나에게도.

고양이 루시

루시에게 나는 세 번째 동거인이다. 아기 고양이였을 때도, 여섯 살 즈음 내게 왔을 때도 루시는 동거인의 임신, 출산 때문에 집을 떠나야 했다. 나는 루시를 임시로 맡았다가 어찌어찌 계속 같이 살기로 하고 결혼도, 임신도 함께 겪게 되었다.

돌아보면 운이 좋았다. 새 식구가 된 남편은 나보다 루시를 더 예뻐하고 잘 돌보는 사람이었고(반성한다…), 집안 어른들 중에도 루시를 계속 기를 거냐 묻는 분이 하나 없었다. 다들 루시를 '당연한 가족'으로 받아들여주셨다.

임신, 출산을 이유로 반려동물을 버리는 나라는 한국뿐이라는 말이 있다. 특히 고양이는 톡소플라즈마—고양이가 옮긴다고 알려진, 태아에게 위험하다는 기생충인데 실상은 고양이보다 날고기, 덜 씻은 채소를 더 조심해야 하는, 국내 감염 사례도 없는 설인 같은 존재—누명을 쓰고 더 미움을 받는다. 나도 운이 좋지 않았다면 루시를 지키기 위해 고민하고 갈등을 겪어야 했을 것이다. 생각만 해도 슬픈 일이다.

매일 날리는 털과 크고 작은 말썽이 임신한 내게 조금도 부담되지 않는 다고는 말할 수 없다. 하지만 그보다 훨씬 더 큰 위안과 사랑을 나는 루시에게서 받고 있다. 물론 앞으로 더 힘들 것이다. 지금 이렇게 결연히 글을 쓰고 있지만 나는 매우 나약한 인간이라, 내년 이맘때엔 그림이 키우고, 루시 챙기고, 날마다 털 치우느라 우는소리를 하고 있을지도 모른다. 그러나 어떤 고생도 나만 바라보는 두 생명 중 하나를 포기하는 것보다는 어렵지 않다는 것을, 미래의 나도 매 순간 기억했으면 좋겠다.

아픈 허리를
앓으며
누워 있으면
루시가 가만히
다가와
옆에 누워
눈을
맞춘다.
너 없이 이 시간을
버틸 수 있었을까.
너 없이 웃을 수 있었을까.

고마워 루시야, 그림이도 고마워하고 있을 거야 ✳

임신 12주~16주
그리고 임신과 한여름의 상관관계

3달째 구역질.
몸에서 피냄새가 남.

입덧은 파도처럼 서서히
물러났다 다시 밀려온다.
현재(8월초) 서울은 매일
35도. 멀쩡한 사람도 미식거릴
날씨.... 더위가 가야 입덧도
좀 가주려나.

불면증. 돌겠다 🥲
안그래도 더운데
손발에 열이나서
잠이 안온다....

배 나옴.
매일 거울 보며
재본다 ㅋㅋ

화장실 알람이 탑재됨.
매일 새벽 3시에 깨서 화장실에 간다.
그리고 또 손발이 뜨거워 4시까지 못잔다 ✶

여름과 임신의 한가운데

사상 최악의 폭염이 덮친 2016년 여름.
입덧과 임신 증상으로 세 달을 꽉 채워 고생했는데
벌써 돌아보면 그렇게 힘들었나 싶다.

이래서 다들 둘째 낳고 셋째 또 낳고 그러나 봐요.

요 며칠 배가 제법 불러서 우쭐했는데,

난

완전

잔렙이었어...

난 그냥 배나온 여자였어 ✱

겸손하겠습니다

만렙 만삭 배를 하고
애까지 둘 안고 오신 어머니들 앞에서
나는 더욱 초라해지고….

관리는 초음파 때부터

그림아
미안해.
엄마가 오모를 좀 봐.
(그래서 아빠가 쫌 예뻐)

하루하루 산을 넘듯

여자가 여자를
낳을 때
물려주고 싶지 않은 것 ☆

그림이, 나의 딸에게

골목길에서 변태와 마주친 적이 있다. 버스 안에서 치한을 만난 적이 있다. 붐비는 지하철역에서 노인이 내 몸을 만지고 달아난 적이 있다. 유혹적인 옷차림을 하지도, 위험하게 밤늦게 다니지도 않았다. 나는 그때 아홉 살이었고, 열한 살이었고, 출근하는 신입사원이었다.

초등학교 1학년 때 날 쫓아다니며 괴롭히는 남자애가 있었다. 담임은 '널 좋아해서 그런다'라고 했다. 그 앤 결국 부러진 나무젓가락으로 내 턱을 찔렀다. 중고등학교, 대학교, 여행지… 어디서든 어려서 어쩔 줄 몰랐거나, 내가 운이 좋았거나, 그쪽이 운이 좋아서 넘어간 수많은 순간들이 있었다. 그리고 나와 비슷한 기억을 공유한, 나처럼 평범한, 많은 여자 친구들이 있었다.

모든 남자가 가해자는 아니지만, 모든 여자는 피해자가 될 수 있다. 내가 어릴 때부터 세상은 그랬고, 지금도 변하지 않았다. 어쩌면 더 교묘해졌다. 영유아들이 보는 만화 속에서 남자 캐릭터들이 모험을 하거나 세상을 구할 때, 여자 캐릭터들은 요리를 하고 몸치장을 한다. 게임 속 여전사들은 죽어서도 가슴과 허벅지를 전시한다. 카메라 앱 광고에서 남학생은 여학생을 '못생겼다는 이유로' 때려눕힌다. TV 예능에도, 시사 프로그램에도 남성들만큼 '설치고 말하고 생각하는', 또한 연륜도 있는 주도적 여성 출연자는 거의 없다. 대신 교복, 제복, 각종 유니폼 등을 입은 순진하고 무해한 컨셉의 여 아이돌들이 채널을 메운다.

포털 사이트 메인 화면은 어떠한가. 만취女, 화장실女, 가방女… 얻어 맞든, 추행당하든, 살해당하든, 아무튼 숨만 쉬어도 뉴스 헤드라인이 되는 수많은 '계집 녀'들. 눈 돌리는 어디에서나 여성들은 수동적이어야 하는 자, 외모가 전부인 자, 성적 소비재, 클릭질 미끼, 여하간 '쉬운 존재'가 된다. 공공연하게 폭력과 쾌락의 대상으로 삼아도 부끄럽지 않은 존재.

그림이가 딸일 수 있다는 걸 알게 된 후, 기쁘면서도 때때로 마음 한 켠이 싸해진다. 나는 이 모든 경험에도 불구하고 내가 여성인 것이 좋고, 여성인 나를 사랑하지만, 그림이가 나와 비슷한 것을 배우고 겪으며 자라는 건 원하지 않는다. 그래선 안 된다고 생각한다. 내가 살아온 세상보다 그림이가 살아갈 세상이 나아지지 않는다면 앞 세대의 존재 이유란 없지 않은가.

'나는 마땅히 존중 받아야 할, 나만의 능력과 의지와 욕망을 가진 한 인간이다. 나의 존재나 나의 신체는 누구도(당연히 부모도) 함부로 대할 수 없다'는 믿음을 가진 사람으로, 나는 그림이를 키울 것이다. 평생 소심이로 살아왔지만 그림이를 위해서라면 어떤 편견, 행동이든 맞서는 걸 주저하지 않겠다고 다짐도 하고 있다. 내가 앞서 싸우는 동안 우리 딸이, 여자로 태어나든 남자로 태어나든 세상은 즐거운 곳이라는 것을 먼저 배운다면, 그 힘으로 삶을 사랑하게 된다면, 엄마로서 더 바랄 것이 없을 것 같다.

태교여행

을 꿈꾼 적이 있었다. 그러나....

야, 여행가면
막 돌아다니고 쇼핑하고
예쁜 수영복 입고 물놀이하고
밤에 맛있는 술 먹고....
그게 재밌는데
너나두 못하잖아

그래서 난
애 낳구 갔지....

헐.
인정.

「선배엄마
H언니.

그래서 접음 ★

태교 여행? 안 가요

교통사고로 휴가를 다 쓰는 바람에
실상은 안 간 게 아니라 못 간 태교 여행.
시간이 지날수록 비행기는커녕
출퇴근 지하철 타는 것도 힘들어졌으니
차라리 다행이었다.

임산부는 노는 일에도
두 사람 몫의 체력이 필요한 것 같아.

하루하루 산을 넘듯

입미
덧스
  터
  리 왜 당장 먹지 않으면
     큰일날 것 같던 음식이,

정작 남편이 사오면
쳐다보기도 싫어지는가★

입덧이 잘못했네

결국 내가 못 먹은 음식들을
혼자 다 먹어치우면서도
남편이 점점 수척해지는 것 같은 건···
기분 탓이겠죠?

병가 끝, 4주만의 출근.
회사가 너무 오랜만이라 긴장도 좀 되고
허리가 잘 버텨줄까 걱정도 되고
집을 나설 때부터 마음이 흔들흔들 했는데,

혼자가   아니야.

그림이가   외롭지
함께라고   않아졌다.
생각하니

이렇게 같이 출근할 수 있는 지금이
차라리 행복할 때라는 것을 안다★

둘이서 출근

젊은 맞벌이 부부가 많이 산다는 우리 동네.

실로 출근길 마주치는 유모차들은

십중팔구 할머니나 이모님이 밀고 계신다.

'그래. 지금 아니면 언제 우리가 같이 회사 다녀보겠니?'

그림이를 다독이며 그 앞을 지나간다.

태!동!을!느!꼈!다!

밤에 자려고 누워 마악 배에 손을 올렸는데
뭔가 작은 것이 배 속에서 쏙욱! 밀었다.
옆에서 놀라 함께 손을 갖다댄 오빠도
느낄 수 있을 정도로, 작지만 함찬 태동이 이어졌다.
나는 한참 그림이를 부르며 웃다 울었다.

그림이 오늘로 17주 5일 차 ✕

첫 태동

임신을 확인한 날 이후 가장 기뻤던 순간.
그림이가 내 안에 건강히 잘 있다는 걸
초음파보다 훨씬 생생히 실감하게 된 날.

하지만 다음날 출근해서 자랑을 하니
이미 엄마 아빠인 회사 동료들은
"그렇게 꼬물꼬물대던 것들이
지금 따박따박 말대꾸하는 거 보면 웃기지도 않는다"
라고 현실을 끼얹어주셨습니다.

하 루 하 루 산 을 넘 듯

한 번 태동을 느끼니
계속 느껴진다!
(층간소음에 귀가 트이듯이 ㅋㅋ)

움찔

불끈

밤에 눕기만 하면,

불끈

불끈

회사에서 일할 때도.

움찔

불끈

바닐라 젤라또를
좋아하는 듯?!

매일 귀엽고 신기하다. 더 많이 느껴지면 좋겠다.
하지만 이러다 진짜 세져서, 선배엄마들 말처럼
방광...차고 갈비뼈...차고 그러면, 지금의 바람을
후회하겠지. 입덧 때처럼 ㅃㅃ ✱

태동 24시

내가 즐겁고 편할 땐
그림이도 신이 나고,
스트레스 받거나 피곤할 땐
숨죽여 가만히 있는 게 느껴진다.
말 그대로 '혼자가 아니라는 느낌'을
처음 경험하고 있다.
그림이 너도 그런지.

임신 13주 ~ 19주
입덧은 나았다, 대신
몸의 약한 부분들이 소리를 지른다.

10대때 사라진
알러지 비염이 재폭발.
하루 종일 재채기 작렬하고,
새벽에 잠 깰 정도로 콧물이
납니다.

교통사고후유증ing.

완치 못한 허리가 토끈할
무렵엔 무거운 추를 매단듯 지끈지끈.

잇몸상습출혈.
사과를 아무리 잘게 썰어
먹어도 베어울 때마다
새빨간 피가 묻어난다.
임신 이맘때 잇몸 약해
진다더니, 모든 증상을
착실히 수행하는 나의
몸뚱아리여 ...*

만병의 습격

산 하나를 넘으면
더 높은 산들이 나타나는 열 달.
하나하나 다 넘으면
그림이를 만나겠지.
(그다음엔 더 험난한 육아의 산들이…)

하루하루 산을 넘듯

지 미
하 스
철 터
　 리

왜 전철에서 누가
"여기 앉아요"
하실 때마다,

고맙
습니다만...

나는 다음 역이
내릴 역인가★

배려의 타이밍

'임산부인가?'
'그냥 배 나온 사람인가??'
'임산부 맞나???'
'아니면 민망한데????'
'아니 임산부 맞나?????'

죄송해요. 제 배가 확실히 불렀으면
당신이 고민을 덜 하셨을 텐데….

— 아직도 쪼렙인 임산부 올림

하루하루 산을 넘듯

임신하고선
　　더 예뻐졌다고
　　　요즘 만나는 사람마다
　　　　　말해준다.
　　　그 이유를 생각해봤다.

① 술 끊어서.
② 술 끊고 밤 10시엔 잠들어서.
③ 사람들이 착해서. ← 정답 ㅋㅋ*

순백의 임산부

술 한 모금 안 마시고.

커피도 입에 잘 안 대고.

성인이 되고 이보다 순수한 생활을 한 적이 없다.

그러다 보니 몸도 머리도 맑아져서

막 예뻐지고 회사 일도 척척 잘하는 것 같은 느낌이…!

그래. 이런 착각이라도 해야

이 고단한 시간을 견디지.

하 루 하 루 산 을 넘 듯

배뭉침이
시작되었다.
아야야...

처음엔 배뭉침인 것도 몰랐다. 한쪽 배가
튀어나오고 딱딱해지길래, '그림이가 밀넜나?!'
했었다. (바보ㅠㅠ) 싸한 통증까지 느끼고서야
알았다.
사실 그동안 자주 쉰게 미안해서, 중요한 프로젝트
앞두고 며칠 야근했더니 바로 이렇게 됐다. 이젠
또 그림이에게 미안해졌다.
임신하고선 누구에게든 안 미안한 순간이 없다*

첫 배뭉침

"배뭉침이 왔을 때, 배뭉침인 줄 모르면 어쩌지?"
"모를 수가 없어. 이게 배뭉침이구나, 느낌이 와!"
친구 말이 맞았다.
태어나 처음 겪은 배뭉침은
애지중지하던 내 배가 사정없이 고무줄로 조이는 듯
매우 낯설고 기분 나쁜 느낌이었다.
당연한 증상이라고 해도, 내가 무리한 끝에 겪게 되니
마음이 더 가라앉았다.

늘 그림이가 최우선이어야 한다 생각하지만
하루아침에 직장에서도 집에서도
예전만큼 내 몫을 하지 못하게 된 것은 매우 큰 스트레스다.
그나마 난 운이 좋은 편이지.
도와주고 배려해준 주위 사람들 아니었으면
이렇게 힘들다 소리도 하지 못할 만큼 힘들었을 것이다.
일하는 임산부가 무사히 한 사람을 낳으려면
얼마나 많은 빚을 져야 하는 걸까.

20주.

입덧과 싸우던 초여름.
사고 후유증을 버티던 한여름.
그 사이사이 말로 못다할 감정과 시간들을 지나
꼬박 절반을 채웠다.

매일 매일이 처음 겪는 날들이었다.
그림이에게도, 나에게도 평생 다시 없을 시간이었다.
남은 하루하루 더 즐거워하고, 소중히 해야지.
온 몸과 마음으로 느끼고, 기억해야지 ✱

절반의 여행

20주를 넘어서니 완행에서 급행으로 갈아탄 듯
시간이 획획 지나간다.
나는 매일 겁을 먹었다가 들떴다가
힘들어 못 해먹겠다 했다가 아쉬움에 찡했다가 한다.
순간순간이 금쪽같다.

[21주차
   산부인과 ① 배뭉침 상담]

배뭉침이 한참
안풀리면서
생리통보다 심하게
아프거나 ⌒

한 시간 안에
대여섯번씩
자주, 규칙적으로
뭉치거나 ⌒

이럴땐 바로
병원 오세요.

하혈이
있거나 ⌒

점점
자주 뭉칠
거예요.

" 자궁 경부 길이도 괜찮으니 걱정 마세요."
" 배 뭉칠 땐 누워서 쉬는 게 제일 좋아요."

다행이었지만, 한편으론 직장인 임산부용 응급 매뉴얼도
따로 있음 좋겠단 생각을 했다. 임신 중 이상 있을 때마다
누워서 쉬라는데, 사무실엔 드러누울 곳이 없어….☆

배뭉침의 딜레마

사실 직장인 임산부에게 필요한 건

응급 매뉴얼이 아니라 휴게실이다.

너무 피곤하거나 배가 뭉칠 땐

당장 5분이라도 누워서

숨 돌릴 공간이 절실하니까.

그러니 부디 일정 규모 이상 사업장에는

임산부를 위해서라도, 여성 휴게실이 의무화되었으면.

(사장님, 이 글은 그림이가 썼습니다)

하 루 하 루 산 을 넘 듯

21주차
[산부인과⑤ 정밀초음파上]

뇌부터 신장까지, 눈코입귀 손가락 발가락까지
그림이의 모든 장기, 신체기관을 샅샅이 훑어보는 시간.
처음에 선생님이 "자~ 뇌에도 물이 흘러요, 이게 척수액이에요."
설명을 시작하실 땐 '우와, 생물시간같아!' 라며 신났다가
'내 배속에서 이 오묘한 것들이 다 생겨나 그림이를 이룬단말인가!'
하며 곧이어 감동했다가, 금방 나는 겁에 질렸다.

여기가 두꺼우면 이상있는거예요
... 괜찮네요.
여기 선이 있으면 구순구개열
이에요 ... 깨끗하네요.
여기가 막혀 있지 않으면 기형
이에요 ... 정상이네요.

이것은, 지뢰 피하기가 아닌가. 건강한 아기가 되기 위해
넘어야 할 것이 왜이리 많은가. 하나라도 이상이 있다면
마음이 어떨까. 남은 임신 기간 내내, 그 불안을 견딜 수 있을까✗

위험한 초음파

검사 전날까지만 해도
그림이 오래 보겠단 생각에 설레기만 했다.
그 오랜 시간이 1초 1초마다
엄한 시험같이 느껴질 줄 몰랐다.

하 루 하 루   산 을   넘 듯

[21주차
  산부인과 ③ 정밀초음파 下]

어... 탯줄에 갑자기 초음파를 멈추고, 한참
구멍이 2개네요. 모니터를 바라보던 선생님이 말씀
우리2개 3개여야 하는데 하셨다. "일단 체크해 둘게요."
그때부터 내 머릿속은 한 단어로 가득찼다.
정밀 초음파가 끝나자마자 여쭈었다.
"많이 위험한 건가요? 어떡하죠?"
"드문 경우는 아니에요. 일단 주수에 맞게 잘 크고 있고,
장기들도 이상없으니, 지금 걱정하실 필요는 없어요."
다음 달에 다시 한번 보자고 선생님은 달래셨지만
그때까지 그냥 기다릴 수 있을러가...
병원문 나서며 검색중.
정확한 증상명은 '단일제대동맥'
동맥 2개, 정맥 1개가 지나는 게
정상인 탯줄에, 동맥이 1개 뿐일 경우를 말한단다.
장기나 성장에 이상이 있을 확률이 있지만 흔치
않고, 정밀 초음파 결과 정상이라면 괜찮다고.
불안해하고, 다독여 주는, 수많은 엄마들의 글을 보았다.
그림이도 막달까지 잘 자라 태어나서, 나중에 지금의 나와
같은 다른 엄마들을 안심시켜 줄 수 있길. 자, 나부터 힘내자.
그래도 오번엔 안 울었어, 그림이 걱정할까봐, 그림아,
엄마 많이 컸지 ✳

믿을게 기다릴게

한 사람을 건강히 키우려면

배 속에서부터 얼마나 많은 변수를 넘어야 하는 건지.

일단 걱정할 힘으로 내가 할 수 있는 것을 하기로 했다.

좋은 생각만 하고, 맛있는 것 먹으며, 그림이랑 즐겁게 지내는 것.

다음 초음파 때까지 무럭무럭 자라자, 그림아.

병원에서 집으로 돌아오는 길,
머리위 하늘을 보다 문득 깨달았다.

오빠, 우리 둘이서만   그러네...
보내는 가을은
이제 몇 십년 뒤에야
돌아올지도 몰라.

나는 그림이의 존재가 설레는 만큼, 우리의
젊음과 앞으로의 늙어감이 애틋하다.
여전히 미숙하고 흔들리고 아이처럼 사랑하는데, 우린,
그림이 눈에는 태어날때부터 어른인 사람들이겠지.

그래야겠지 ✕

부부의 가을

갓난아기인 나를 안고 있는
뽀얀 얼굴의 엄마 아빠 사진이 떠오른다.
손주 본다고 좋아하시던 두 분의 주름진 미소도 생각난다.
그리고 그 얼굴들에 나와 남편이 자꾸 겹쳐진다.
한 사람을 키운다는 건
쉴 새 없이 흐르는 그 시간에
부모의 젊음을 던져 넣는 것일까.

임신을 하고부터
인생이 아득해지는 순간이
더 자주 찾아온다.

하 루 하 루 산 을 넘 듯

각종 사건 사고 기사를 볼 때마다 마음이
너무 아프다. 이렇게 조마조마 기다리고,
낳아서, 애지중지 키우는 아이들인데.
손가락만 베어도 속이 상할텐데.

그 사건들 이후 시스템이나 안전장치가 딱히
개선되는 것 같지도 않아 마음이 더 무겁다✷

위험한 나라

임신을 해서 더욱 그랬는지,
2016년엔 유독 왈칵하게 되는 뉴스가 많았다.

아이를 잃고서 정부나 기업을 상대로
기약 없는 싸움을 해야 하는 엄마와
아이 진학을 위해 국가 정책까지 바꾸는 엄마가
같은 나라의 엄마일 수 있나.
기회의 평등은커녕 생존의 평등조차 요원한 이곳에서
나는 그림이를 어떻게 지켜야 하나.

광화문에서 S언니를 만나는김에
광장의 세월호를 찾아갔다. 엄마아빠들,
소년과 여학생들, 많은 사람들이 서명을 하고
노란리본을 주고 떠났다. 우리도 줄을 섰다. 뒤에서
어느 중년 남자가 소리를 질렀다. "아직도 안 끝났어요
이거? 아직도 안 끝났어??" 아무도 대답하지 않았다.

그림이가
살아갈
세상을
생각한다.

그림이가 건강히 자라,
모든 생의 소중함과
사회의 가치를 믿는
어른이 될 세상을
생각한다.

그 세상이 올 때까지 나는 세월호를 기억할 것이다.
그리고 우리가 잊지 않는 한, 누구의 죽음도 끝나지 않을것이다 ✻

노란 리본을 잇다

이 일기를 쓰고 두 달이 지난 2016년 늦가을.

세월호는 다시 메인 뉴스가 되었고

광화문 그 자리에서 유가족들은 시국 선언을 하였다.

하 루 하 루 산 을 넘 듯

윤이는 축구선수 시켜야
되나... 했어.

「시어머니」

밤낮없이 하도 뻥뻥 차가지고,
난 입덧때문에 배도 살이 많이
안쪄서, 발로 차는게 눈으로
다 보였지~

별이 넌 태동부터 느긋했어.

투욱!...치고 한참 있다 또 투욱!치고,
그러더니 태어나서도 그렇게 순하더라.
커서 왜 이렇게 됐는지 모르겠지만...

<울엄마>

임신해서 좋은 점은 어머니들이 우릴
기다릴적 이야기를 생생히 들을 수
있다는 것. 마치 지금 나와 그림이처럼 ★

우리가 너만 했을 때

10년이 지나도
30년이 가도
내 배 안의
너의 울림을 기억할게.

엄마의 엄마처럼.

하 루 하 루   산 을   넘 듯

일년 전에 엄마가 된
막내 사촌동생부부를 만났다.

"임신하고 풀(남편)이랑 밥 먹으러 다닐 때
식당에서 아기한테 계속 폰으로 영상 보여주는
부모들 보면서 혀를 찼어요. 우린 저러지 말자고.
그런데 낳고 보니 안 그럴 수가 없어요, 우리 편하기
위해서가 아니라 남들 피해 안주려고, 잠깐씩 이라도
보여줘야 해요." 아이 키우는 일은 겪어 보지 않고
쉽게 말해선 안되는 구나 끄끄" 했어요."

"뭐든 상상 이상이에요. 우리 부부를 중심에 놓자고,
흔들리지 말자고 그렇게 다짐했는데, 결국 모든게
아기 위주로 돌아가요. 정말 완전히 다른 인생이에요." ✶

내 어린 선배님

함께 식사하는 내내 한 술 제대로 못 뜨고
아기를 먹이고 어르고 달래며 재우는 동생 부부를
남편과 나는 우리의 미래를 만난 심정으로
아련하게 바라보았다.
그나저나 평생 막내일 것 같던 내 동생이
언제 나보다 어른이 됐지? 누가 저렇게 만들었어?

범인이 입가에 이유식을 묻히고
천진난만하게 웃고 있다.

하 루 하 루 산 을 넘 듯

임신이명?

피곤하거나 스트레스 받을 때 귀가 먹먹해진 적이 있었다. 높은 곳에 오를 때처럼, 물이 찬 것처럼, 귀가 꽉 막혀서 내 숨소리, 내 말소리, 내 심장소리가 쿵쾅쿵쾅 울리는 증상.

하지만 몇년 전의 일이었고 한동안 괜찮았는데, 임신 20주 들어 갑자기 재발했다. 증상은 매일 잦아지고, 길어져서 심한 날은 하루 종일 귀가 막혀있다. 혹시 몰라 검색해보니 나와 비슷한 임신부가 꽤 있다. 딱히나 약은 없다. 출산하고 괜찮아졌다는 증언이 희망일 뿐.

아직 선생님과 상담 전이니 정말 임신 증상인지는 확실치 않지만 그 중에 하나 확실한 것은,

임신한 날부터
지금까지
하루도
빠짐없이

내 몸과 마음의
약한 곳들이
발가벗겨지고
있다는 것.

이 약한 구석들에 다 굳은 살이 박혀야, 나는 엄마가 되는 걸까서

매일이 시험

어릴 때 앓은 비염이 재발하고
몇 년 전 고생한 이명이 다시 생기고
과로할 때마다 시리던 잇몸이 무너지고
스트레스로 마음은 계속 요동치고
…

배가 점점 무거워질수록
내 안에 실금이 간 부분들이
매일 우지끈 갈라지는 것 같았다.
'이렇게 약한 네가, 앞으로 살아가면서,
아기 몫의 삶까지 감당할 수 있겠어?'
온몸과 마음이 나를 시험하는 느낌이었다.

하 루 하 루 산 을 넘 듯

대폭발

금요일 저녁, 사소한 일로 눈물이 터졌다. 그간 몸의
힘듦과 마음의 서러움이 다 터졌다. 엉엉 울다 겨우
눈물을 그쳤다. 한참 날 달래던 오빠가 갑자기, 침대에
덜썩 드러누웠다. "아, 나도 울고 싶다.."

가슴이 덜컥 했다. 임신으로 나만 힘든게 아니었어.
초기 피곤임으로 누워지내던 순간부터 오빠는 내가
임신에만 집중(?) 하도록 모든 짐을 혼자 짊어졌다.

회사일하고 퇴근해선 집안일하고, 나 챙기고 루시 돌보고.
벌써 6개월이다. 당연히 지쳤을 것이다. 게다가
나처럼 투정도 못하고. 나는 미안해져서 오빠를
끌어안고 또 한참 울었다. ㅜㅔ

그리고 오빠
흰머리를
뽑아주며
눈물을 그침.

> 우와 오빠
> 다시
> 젊어졌네?

> 진짜?!

믿을 건 둘밖에 없다. 서로 기대며 잘 살아요 여보☆

부부의 열 달

전에 없던 일들로 다투고, 화해하고, 다시 토라지고.

우리 부부도 제2의 성장기를 지나고 있다.

임신만으로 이 정도인데,

그림이 태어나면 1년에 성장기가 174번은 될 듯?!

생각만 해도 까마득하지만

그만큼 깊어지면 좋겠다. 우리 사이가.

어렵고 두렵고 행복했던

임신 후기, 입원 그리고 막달까지

"아기는 생각보다 강하다"와
"임신에 안정기란 없다" 사이에서
흔들리고 설레고
고민하고 버텨낸
임신 후기의 기록

오랜만에 통화하다 또
엄마를 타박했다.

"자꾸 아파서 어쩌냐, 따뜻하게 찜질 좀 해봐"
"엄마도 참, 찜질은 그림이 한데 안 좋다고 몇번을 말해요!"
왜 맨날 까먹으시냐 칭얼거리다 전화를 끊었는데
그날 저녁 다시 생각하다 또, 혼자 울었다.

엄마는
늘
내가 먼저
여서 그래,

손녀도 예쁘지만
딸이 더 걱정이니까,
내가, 엄마 배 아파서
낳은 자식이니까.

아직 엄마 흉내도 내지 못했는데
엄마 마음만 막 밀려온다 ✳

내 딸이 먼저

교통사고 후유증 때문인지
임신 중기부터 허리 통증이 더 심해졌다.
나는 늘 그렇듯 엄마에게 엄살하고 잊어버리는데
엄마는 내 걱정으로 마음이 꽉 차서
다른 걸 다 잊어버리신다.
왜 그런지 이제야 조금 알 듯 말 듯.

"아냐, 아직 몰라. 낳아서 한참 키워보고 말해."
엄마 목소리가 들리는 것 같다.

어렵고 두렵고 행복했던

배 많이 나오면
그렇게 힘들다던데...

누워도 숨차고
소화도 안 되고...

허리도
막
아프대고...

그래도 빨리 많이 나와서 더 타가 났음 좋겠다...

자리없고

밀고

25주배
= 겨울엔
튀는데 지하철
에선 투명해짐.

임산부 뱃지
=역시 투명해m

치고

하지만 내가 만삭이 되면 코트로 다 가려지겠지...

...1월 출산
예정자ⓞ

슬픈 지하철

임산부 배려석이 비어 있는 건 매일 출퇴근하면서 딱 두 번 보았다.
'배려'는 강요할 수 있는 게 아니니까.
뉴스에 종종 나오는 험한 일이라도 당할까 무서우니까.
소심한 임산부는 누가 양보해주길 기다릴 수밖에 없는데
지하철에선 대부분 스마트폰을 보지 임산부를 보지 않으니
만원 지하철에서 배를 감싸고 서서 버티는 날이 비일비재했다.
임산부를 위한 제도는 마련되어 있는데
그 실행은 왜 개개인의 선의에 기댈 수밖에 없는지.

그러나 그 선의들이 나를 여러 번 구하기도 했다.

멀리서 달려와 자리를 내주던 아저씨.

나를 앉게 하고 서서 졸던 회사원.

잡아끄는 손이 따뜻했던 아주머니.

말없이 비켜주고 조용히 사라진 여학생.

젊고 건강하니까, 그동안 주위에 아무 관심 없이 다니던 내가

모르는 사람들의 친절에 기대 하루하루를 보내는 건

어쩌면 귀한 경험이란 생각을 했다.

고단한 날들을 그런 생각들로 버텼다.

어 렵 고   두 렵 고   행 복 했 던

면역력 약한
임신부 에게,

매일 비염, 이명 폭발에) 감기까지) 아슬아슬.
작년까지만 해도 가을마다 여행 가고 서핑하고 강철같이 놀던 내가
이렇게 나락으로 떨어지다니... (목메임)

사계절이 무서워

아니 아기를 뱄다고
내 몸까지 아기같이 약해지는 건
너무한 거 아닌가요, 삼신 할머니.

어렵고 두렵고 행복했던

성격이

더 나빠진 것 같다.....

회사서도 집에서도, 화도 짜증도 늘었다. 반 년 넘게
임신 + 합병증과 싸우느라 인내심이 바닥났다 해도, 그래도
이런 내가 싫다. 동료들과 남편은 왜 봉변인가, 나는 원래
이렇게 얕고 작은 그릇인가, 떡기 담겨야 할 그림이는 또 무슨
죄인가... 매일 괴로워하는 요즘.

임신은 갈수록 나를 찬찬히 들여다보게 한다.

참 엄격한 시험대다 ✳

안 착한 임산부

화냈다 후회하고 짜증냈다 자학하고.
이런 내가 좋은 엄마가 될 수 있을까
자괴감에 머리를 감싸고.
하루하루 지날수록 마음은 약해지고
생각은 많아져 더 힘들었다.

그나저나
임신 때문에 성격이 나빠진 건지
임신을 핑계로 그냥 막 나간 건지는
노코멘트 하겠습니다.

어렵고 두렵고 행복했던

그래도 즐거움도 하나씩 늘어 갑니다

엄마가 고생하는 만큼 쑥쑥 자라는 그림이.
이젠 태동할때 배가 울룩불룩 춤추는 게 눈에 보인다.
고게 귀엽고 신이나서, 집에오면 옷을 걷고 한참 구경한다.

아이 배 시려워 ㅋㅋ ×

긴 하루의 낙

고달픈 예비 엄마를 위로하는
외로운 예비 엄마에게 힘이 되는
아기의 안부 인사,
태동.

매일 보아도 낯설고 기쁘다.
고 작은 팔다리로 이렇게 열심히 움직이는
작은 인간이 내 안에 있다는 게
그게 우리 아이라는 게
너무 고맙고 신기해.

어렵고 두렵고 행복했던

꿈을꾸었다

버려진 호랑이가 안쓰러워 집에 데려왔다.
꿈 속의 우리집은 나어릴때 살던 이층집이었다.
마당에 호랑이를 풀어주고 커다란 창가에 남편과
나란히 서서, 창너머 호랑이를 바라보았다. 집채만큼 크고
노랑까망 털무늬도 선명하던 호랑이, 어슬렁 어슬렁 다가와
나와 눈이 마주쳤다. 나는 고양이에게 눈맞춤으로 애정표현
하듯, 호랑이 눈을 들여다보며 처언천히 눈을 깜박였다. 호랑이도
아주 깊고 조용한 눈으로 나를 들여다보았다.

우리는 그렇게 한참 서로를 바라보았다☆

그림이의 꿈

아무도 꾸지 않았던 그림이의 태몽은
그렇게 한참 만에 내게 찾아왔다.

집채만 한 호랑이라니.
우리 딸, 대장군감인가 봐요.

어렵고 두렵고 행복했던

왜
아무도 말해주지
않았나,
임당 만큼

쥬륵!

이 미

임당검사약도 위험하다고,,,

이가 시릴 정도로 달고, 끔찍한 맛이었다. 마시고
입체초음파 받다가 누워서 토할뻔 ☆

임당의 맛

중기 임산부들을 가장 긴장시키는

임신성 당뇨 검사.

나도 괜히 먹는 것까지 조심했는데

(아무 소용없다고 하지만)

본격적인 검사를 받기도 전에

임당 검사약에서 무너질 뻔.

탄산은 빼고 단맛은 무자비하게 더한

오렌지 음료수 맛입니다.

마음의 준비를 하고 드세요.

어렵고 두렵고 행복했던

[26주차
산부인과② 입체초음파]

기대하던 입체초음파!
엄마아빠 닮은 이목구비도 보인다던
입체 초음파 !!!

아무리 걸어도 얼굴을
안보여
주네요...

그림이
자세 바꾼다고 또
병원복도 행군 함.

다음주
다시 오세요.

재검 =- *

초음파 숨바꼭질

낳으면 실컷 볼 얼굴이지만
당장 왜 그렇게 보고 싶은지.
그리고 그런 엄마 아빠 마음을
아기들은 왜 그렇게 몰라주는지.

얼굴 가린 고집 센 아기들 때문에
나처럼 무릎을 높이 올려 행진하는 임산부들을
병원 복도에서 자꾸 마주쳤다.

어렵고 두렵고 행복했던

[26주차
산부인과 ③ 성장체크]

"많이 걱정하셨을 텐데..."
선생님이 입을 떼셨다.
"주수에 맞게 잘 자라고 있어요. 이렇게 동반기형
이나 성장지연 없으면, 이상소견 거의
없다고 보셔도 돼요."

한달 전 '단일제대동맥' 발견 이후 점점 씩씩해지는
태동만 믿고 버텨오던 마음이. 스르륵 녹아내렸다 ✳

고마워 그림아

잘 자라줘서 고마워.
고마워. 고마워. 고마워. 그림아.
속으로 수십 번 속삭였다.

그림이를 내가 지켜주는 게 아니라
그림이에게 내가 의지하고 있다는 생각이
점점 강해지는 요즘이다.

어렵고 두렵고 행복했던

예쁜 니트 원피스를 샀다♥

몸은 힘들고, 날은 추워지고, 배는 나오고 입을 옷은 없고
아무튼 수만가지 이유로 샤랄라한 원피스를 주문했다.
택배 오는 날 날듯이 퇴근해 신나서 걸쳐봤더니.

감자다.

감자가 되었어...

이제 예쁜 옷으로도 위로받지 못하는 몸이 됐어 ㄲㄲ 木

임산부의 스타일

이쯤에서 감히 드리는
임산부 패션 조언

1. 임부용 레깅스, 스타킹은 최대한 빨리 착용하세요.

일단 배가 나오기 시작하면 장만하세요.
두고두고 요긴하게 입습니다.
귀찮다고 일반인 레깅스 내려 입다간
심각한 호흡곤란을 경험할 수 있어요(저처럼).

어렵고 두렵고 행복했던

2. 임부복을 따로 살 필요는 없어요.

레깅스, 바지 등 하의를 제외하면
평소 나와 잘 맞는 곳에서 쇼핑하는 게 합리적일 수 있어요.
저도 즐겨찾기 해둔 쇼핑몰에서 종목만 원피스로 바꿨어요.
그리고 원피스에 어울리는 아우터, 신발, 가방 등을 폭풍 쇼핑…???

3. 몸의 변화를 즐기세요.

감자가 되었다 잠깐 슬퍼하기는 했지만

매일 불러가는 배를 거울에 비춰보는 게 저는 참 즐거웠어요.

오래된 옷을 입어도 새로운 핏이 나오는 게 재미있기도 했고요.

안 입어본 디자인을 시도해볼 좋은 기회이기도 해요!

안 어울리면, 다 배 탓으로 돌리고 또 새 옷을 삽시다.

어 렵 고   두 렵 고   행 복 했 던

아기들이 귀엽다?!

모르는 아기들에게는 관심이 하나도 없던 내가
실물이든 사진이든, 아기만 보면 헤실헤실 웃게되었다.
그리고 아기란 존재와 함께 있는 나를 막 상상한다.

아아 드디어 나에게도 모성애란 것이 폭발하는가!!

SNS로 아기사진 보는중.

어... 근데 전부 다 웃는 아기들이 잖아.

... 아니야 그림아 걱정마. 그림이는 울고 떼써도
엄마가 예뻐할 ... ✗

아기들아, 안녕?

엘리베이터에서 마주치는 아기에게도
어떻게 웃어줘야 할지 모르던
심각한 '아기어색형' 인간이던 내가
온 동네 아기들에게 그림이를 대입하며
바보 미소를 짓는 걸 보면,
모성애가 폭발한다기보단···

아, 나는 그림이랑 친해지고 싶은가 보다.

어렵고 두렵고 행복했던

두 번 도전만에
입체초음파 얼굴촬영 성공!
그리고......

두마리의
고슴도치가
생겨났다

어머 이 콧대 봐!   이 도톰한 입매 봐~

눈으로 쓰다듬기만 해도 이런 맘인데
직접 안게 되면 어떨까 *

벌써 너무 예뻐

입체 초음파 사진만 보고도 글썽이는 나를 안고,
남편이 조용히 속삭였다.
"그럼아, 엄마가 '엄마'가 되고 있어."

나는 벅차면서도 이런 내 마음이 두렵기도 하다.
그럼이 너로 인해, 나는 얼마나 달라질까.

어렵고 두렵고 행복했던

새벽 4시의
미스터리

누가 흔들어 깨운 것처럼 4시만 되면 눈이
번쩍 떠진다. 화장실이 급한 것도 아닌데,
다시 잠들지 못하고 그대로 울며 출근한 날도 부지기수,
2주간 시달린 끝에 겨우 그 이유를 알아냈다.

4시가 **그림이** 기상시간이야…

으아아… 엄마! 뻥!
일어나! 뻥뻥
배고파! ! !
뻥… (발차기)

배 속 버릇이 8개월까지 가고 막 그런 거 아니겠지…? ✱

내 안의 알람

아기 엄마인 친구에게 이 이야기를 하니
눈시울이 붉어지며 나를 꼭 안아주었다.
"내가 왜 안아주는지 그림이 태어나면 알게 될 거야.
아마 너는 매일 새벽 4시에, 코 고는 남편 옆에서,
네 뺨을 때려 졸음을 쫓으며 그림이를 달래게 될…(오열)."

하하하. 그림아. 엄마 야근 안 좋아해. ㅠㅠ

어렵고 두렵고 행복했던

임신 20주 ~ 28주

잠깐의 평화, 그리고 격동의 임신 후반기!

배가 하루가 다르게 나오는 중.

발톱깎기, 세수, 양말 신기 · 연필줍기··· 모든 자세들이 불편해지고 있다.

방광을 찬다는게 어떤 건지 알게 되었어

(네··· 그림이 지금 거꾸로 있어요···)

자려다가 혹은 길을 걷다가 종종 아찔해지곤 합니다.

이명과 비명은 내 단짝♥~

소화가 안된다
아침마다 또 헛구역질. 저녁에도 미슥미슥. 자궁에 위가 눌리나봐ㅠ

요통 업그레이드
앉아도 서도 걸어도 쑤셔서 어쩔 줄 모르겠다 ㄲㅠ ★

온몸이 난국

그전까지 몸의 변화가
주로 호르몬에 의한 것이었다면
이젠 내 몸이 구조적으로 바뀌고 있는 것 같다.
그림이가 커지면서 내 신체와 장기들이
본격적으로 재배치되고 있는 느낌.

사무실에서 떨어트린 연필을 줍다
책상 밑에 고꾸라질 뻔한 뒤로
내 몸이 예전 그 몸이 아니라는 걸
매 순간 명심하기로 했다.

어렵고 두렵고 행복했던

"이렇게 바쁜데 그림이는
막 춤춰요!"

회사에서 정신없이 일하다 엄청난
태동에 깜짝 놀라 외치니
옆자리 부장님 말씀하시길,

"배속에서 춤출 때가 좋은 거예요,"

밖에 나와 춤출 때부터
재앙이
시작되는
거야...

두 아이의
아빠

육아 선배들의 한마디 한 마디가 가슴을 치기 시작했다...

그때가 좋을 때야

"낳으면 더 고생이야."
"이건 시작에 불과해."
"배 속에 있을 때가 편해."
"…화이팅!"

말 거는 선배 엄마 아빠들마다
모두 고난의 구렁텅이에서
어서 오라고 손짓하는 것만 같아.

아니죠? 지금 다들 행복한 거죠?
제발 그렇다고 말해줘요.

어렵고 두렵고 행복했던

11월 첫 금요일 퇴근길,
만원 전철 사람들 틈에서
납작   해질 뻔
하고,   집에 오는
길 훌쩍   훌쩍 울었다.

어제는 낯선 이의 친절에 감동하더니
오늘은 온세상이 서럽다.
약해진 마음이 매일 널을 뛰는구나 ✻

눈물의 퇴근길

꽉 찬 지하철이 무서워 세 대나 그냥 보내고 탄 열차였는데
빽빽한 사람들, 집채만 한 배낭들 사이에 갇혀버렸다.
"밀지 마세요, 임산부예요." 간신히 외쳐도 소용이 없었다.
내릴 때도 입구를 막고 비켜주지 않아 사정하며 간신히 내렸다.

배려까진 바라지도 않아.
위협이라도 당하지 않으면 좋겠는데.

온 세상이 밉고 무서운 저녁이었다.

어렵고 두렵고 행복했던

[30주차
산부인과 ① 산전관리실]

요즘 툭하면
배가 뭉쳐요.
특히 저녁엔
1시간에
3-4번도...

조기진통이 될수 있으니
간격 꼭 재보고
밤에라도
병원에
오셔야해요.

실장님이 해준 말씀이 바로 다음 주,
그림이와 나를 구할 줄 그땐 몰랐다 ✶

배뭉침 상담

30주가 가까워지면서 배뭉침이 유독 심해졌다.
허리를 굽히거나 조금만 급하게 움직여도
출퇴근길, 집, 회사 가리지 않고 배가 뭉쳤다.
불안했지만 딱히 할 수 있는 것도 없으니까
원래 갈수록 자주 뭉친다니까, 그냥 참았다.

미리 걱정할 필요는 없지만
쉽게 안심해도 안 되는 게
임신 증상이라는 걸 그때 알았더라면.

어렵고 두렵고 행복했던

30주차
산부인과② 진료실

아기가 아직 거꾸로 있어요.
고양이 자세 열심히 하세요!

양수가 적은
편이에요.
물 많이
드세요!

양수가 충분해야 성장에도 지장이 없고
아기 자세도 바뀔 수 있다고.
소화도 안되고, 화장실 자주 가는 게 싫어
물 찔끔 마신 걸 반성하였습니다 ㅠㅠ☓

방심은 금물

양수가 염려되니 다음 주에 또 보자고,
혹시 태동이 줄었다 싶으면
바로 병원에 오라는 말씀에
정신이 번쩍 들었다.

아직 10주나 남았는데 또 새로운 위험이라니.
한 몸으로 두 사람을 버티자니
마음 놓을 새가 없구나.

어렵고 두렵고 행복했던

하루종일 걷기만 하면 배가 뭉치던 날,
앉으면 괜찮다고 그냥 일했다.
퇴근하자마자 침대에 누워 한숨 쉬며
'힘든 하루였다' 생각했다.

30주 였고, 그림이는 1.3kg 이었다.

그날 자정, 극심한 배뭉침으로 병원에 달려가
나는 그림이를 낳는 날까지 집에 돌아오지 못했다※

10주를 남기고

그날 많이 걷지 말걸.
그때 참지 말걸.
무리하지 말걸.
화내지 말걸.
지하철 타지 말걸.
울지 말걸.

병실에서 맞는 첫 새벽, 잠 못 이루며 생각했다.
하나하나 후회되는 일뿐이었다.

어렵고 두렵고 행복했던

"아기에겐 괜찮지만 엄마 몸엔 힘든 약이에요"

자궁수축억제제, 라보파를 맞기 시작하자 하루종일 심장이 콩쾅대고 팔다리가 바르르 떨렸다. 고통을 참느라 계속 이를 악물어 잇몸은 다 헐었다. 나는 그 와중에 그림이를 키우겠다고 전투적으로 밥을 먹었다. 바들바들 떨며 젓가락질하는 나를 엄마가 돌보셨다.

나는 엄마가 되겠다고 우리 엄마를 또울렸어 ✕

엄마가 참을게

라보파.

자궁을 이완시켜 조기진통을 막아주는 약.

아기를 지켜주는 대신 부작용 위험이 커서

심한 경우, 산모의 심장에 무리가 가거나

폐에 물이 찰 수도 있다.

그래서 48시간 이하로 사용하도록 권장되는 약.

하지만 많은 고위험 산모들이 아기를 위해

몇 달씩 다른 약과 섞어 맞으며 견디는 약.

라보파를 맞았다, 끊었다, 다시 맞으며

나도 병원 생활을 이틀씩 세어가며 버텼다.

부작용으로 덜덜 떨며 침대 위에 누워 있으면

출산으로 들뜬 다른 산모와 가족들의 웃음소리가 들려왔다.

세상에서 나 혼자 불행한 것 같아 많이 울었다.

그런 나를 보며 엄마는 또 같이 우셨다.

조기진통으로 입원. 양수과소증으로 전원.
가장 큰 원인은 피로와 스트레스. 안 좋아진 태내환경.

매일 이어지는 검사, 주사, 약부작용, 두려움, 외로움,,, 보다
나를 원망하지 않으려 애 쓰는 것이
가장 힘든 날들이었다 ✶

병실의 날들

30주에 입원하고 약으로 버티던 와중,

엎친 데 덮친 격으로 양수과소증이 발견되었다.

새는 것도 아닌데, 자궁 안에서 양수가 점점 줄어드는 것이다.

양수는 아기에게 공기처럼 중요하니까,

더 위험해지면 바로 낳아야 되는 상황.

아직 그림이는 너무 작은데. 32주밖에 안 되었는데.

결국 나는 처음 입원한 병원에서 대학병원 고위험 산모실로 옮기게 되었다.

어렵고 두렵고 행복했던

"아기가 빨리 나오고 싶었나 보다."

"나중에 엄청 효도하려고 엄마 고생시키는구나."

사람들이 따뜻하게 위로해줄 때마다

오히려 마음이 아팠다. 그게 아니란 걸 아니까.

'그림이 탓이 아니야. 내 몸이 그림이를 못 참고 이러는 거야.

이렇게 힘든데 어떻게 아기까지 품고 있냐고,

그림이를 쫓아내려고 이러는 거야.

그동안 내 몸의 신호를

나는 왜 무시하고 무리했을까?

그리고 그림이는 얼마나 무서웠을까?

자긴 태어날 준비도 안 되었는데.'

되새길수록 마음이 아팠지만, 더 이상 울 새가 없었다.

'나 자신은 나중에 미워하자.

이제라도, 병실에서라도 그림이와 즐겁게 지내야지.'

그때부터 병실에 책과 노트를 쌓아놓고,

읽고 쓰고 그림을 그리기 시작했다.

어 렵 고   두 렵 고   행 복 했 던

드디어 임신 막달!
자고 싶다 자고 싶다 자고 싶...

잇몸병이 절정으로,
계속 아프고 피가난다.
참느라 힘을 주니 턱과
머리까지 아파서 못자.

배가 한껏 부르니
똑바로 누워도 힘들고
옆으로 누워도 쑤시고
계속 뒤척이다 못잔다.

그랑이가 '툭' 하면
화장실에 가고 싶다.
그래서 자꾸 가느라 못잔다.

자다가도 다리에 쥐가
난다. 비명 날 정도로 아파서
깬다. 그리고 다시 못자.

기껏 잠들어도 꿈이 너무 화려해서 못자.
저기요... 아기 태어나면 더 못잔다면서 ...
나 언제 자?? *

불면의 막달

임부복 대신 환자복을 입은 채로
배는 점점 만삭이 되었고
임신 증상은 최고로 심해져 불면증도 절정에 달했다.

배 속에서도, 태어나서도
아기는 한결같이 엄마를 못 자게 하는구나.

어렵고 두렵고 행복했던

나를
지켜주는 이가
있을때 보다

내가 지켜야 할 누군가가 있을 때
사람은 더 강해진다는 걸, 배우고 있다 ✳

둘이. 함께. 셋으로.

병실에서 버티며, 홀로 집을 지키며
나와 남편 사이엔 일종의 전우애가 생겼다.
날카로워질수록 서로 다독이고,
울고 싶을 때 어깨를 빌려주며
우리는 조금씩 단단해졌다.

그림이 덕분이었다.

어렵고 두렵고 행복했던

모 험 왕 그 림 이

30주부터 38주까지

병원밥 먹고 무럭무럭 자라

엄마를 만날 때까지

병실에서도 날마다 씩씩했던

그림이의 모험 이야기

그리고 엄마의 병실 일기

돌고래를 타고

그림이는 모험을 좋아하는 씩씩한 아이!
첫 모험은 돌고래랑 양수 바다 모험입니다.

입원이 생각보다 장기전이 되고 있어

오빠에게 스케치북을 가져다 달라고 했다.

태교는커녕 매일 병실 천장만 보고 있으니

그림이를 위해 그림이라도 그려주려고.

며칠 라보파를 독하게 맞았더니 더 비루한 몸이 되었다.

자꾸 이를 악물어 턱이 너무 아프다.

그래도 하루하루 가고 있으니 힘을 내야지.

나중에 엄마 약골이라고 안 놀아주면 안 돼, 그림아.

엄마도 모험 좋아해.

은하수를 건너

오늘은 분홍새들과 은하수 대모험!
그림이는 별 파도도 무섭지 않아요.

매일 밤 진통이 심하다.

거대한 손이 내 배를 비트는 것처럼 아프다.

이젠 태동 검사 화면을 보지 않아도 진통이 오는 것을 안다.

쿵.쿵.쿵.쿵.쿵.

파도처럼 밀려오다 높은 해일이 치솟아 덮치는 느낌.

그럴 때마다 그림이 태동도 물살에 휩쓸린 듯 잦아드는 게,

내 몸이 내 의지대로 안 돼서 내 아기를 괴롭히는 게,

제일 무섭고 슬프다.

유니콘과 함께

그림아. 오늘은 유니콘들이랑
아빠를 밟… 아니, 간지럽혀보렴.

나의 남편이자 그림이 아빠는 입원 첫날부터—

저녁마다 강남의 직장에서 강북의 집으로 퇴근해 고양이 루시를 챙긴 다음, 차를 몰고 일산의 병원에 와서 우리 엄마와 교대한다. 밤새 나를 돌보고 응급 상황을 지키느라 병실 바닥에서 자는 둥 마는 둥. 새벽 5시에 일어나 다시 자유로를 달려 집에 가서 밥 먹고 루시 챙겨주고 또 곧바로 출근한다. 틈틈이 밀린 빨래랑 청소도 하는 모양이다.

친구 지봉이는 내가 지구에 하나 남은 유니콘과 결혼한 거라고 했다.

나는 그 유니콘이 매일 걱정이다.

조금만, 조금만 참아줘 유니콘. 내년에 그림이랑 재미나게 놀아줄게.

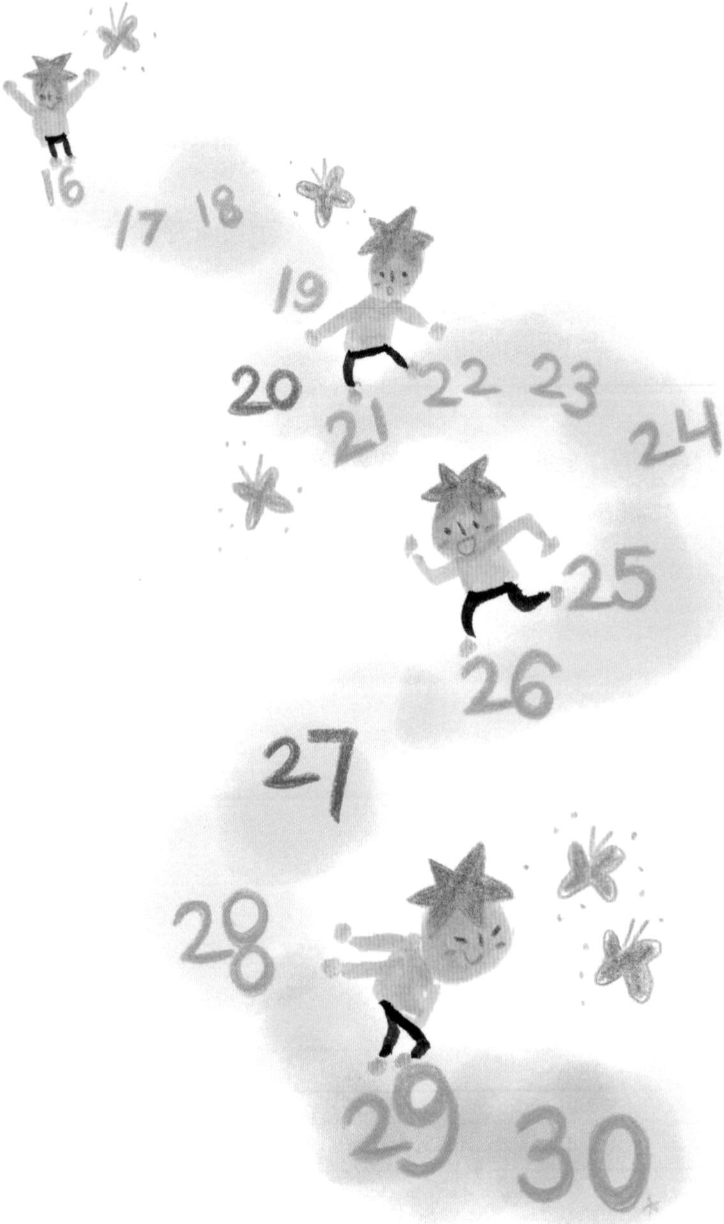
16
17
18
19
20
21
22
23
24
25
26
27
28
29
30

11월을 지나

11월의 절반을 누구보다 씩씩하게 보낸 그림이!
엄마만 잘하면 되겠다.

어제 대학병원으로 옮겼다. 배뭉침 말고, 양수과소증 때문에.

안 그래도 적은 양수가 계속 줄고 있어

1.6킬로그램인 그림이를 곧 낳아야 될지도 모른단다.

그래서 신생아 집중 치료실이 있는 대학병원에

원래 있던 병원에서 앰뷸런스까지 타고 왔는데

(앰뷸런스도 처음 누워서 타봤어요… 승차감 매우 나쁩니다…),

여기는 생각보다 느긋하다.

'너 정도는 응급도 아니야'란 느낌?

정말 그랬으면 좋겠다.

깜깜한 길 끝엔

그림아 오늘은 깜깜한 길을 걸어볼까?
막막한 여행이니까 사막여우를 붙여줄게.
걱정 마. 길 끝엔 엄마가 있어.

벽에 걸린 12월 달력을 보다 웃었다.
아기 방 꾸미기부터 크리스마스까지
온갖 계획으로 들뜬 한 달이었는데.
지금은 출산 준비는커녕 오늘 당장 의사 선생님에게
무슨 말을 들을지도 알 수가 없다.
매일매일 눈 가리고 걸어가는 기분.
그림이와 함께라는 게 위안이다.

오늘의 아기들

오늘도 많은 아기들이 태어났어!
그림이도 남은 모험 즐겁게 하고 만나자.

내가 머무는 고위험 산모실은 분만실과 붙어 있어서
산모의 신음 소리, 다급한 발소리, 비명 소리 등이
밤낮 가리지 않고 들려온다.
처음엔 나도 엄청 긴장했는데, 나흘째가 되니 이젠
엄마들 진통 소리 들으며 밥 먹고(미안해요…)
마침내 터지는 아기 울음소리, 박수 소리에
같이 감동하며 혼자 눈물 닦고 그런다.

이렇게 출산의 전 과정을 귀로 예습하고 있지만
정작 나는 거의 수술 확정이라는 게 함정.
처음부터 지금까지 꿋꿋이 거꾸로 자리 잡은 그림이.
네가 편하다면 엄마는 다 좋아. 흑흑.

모 험 왕 그 림 이

꼬까옷의 나라

여기는 파랑새들이 물어다 주는 예쁜 옷의 나라!
그림이 넌 나중에 어떤 옷을 좋아할까?
엄마가 반한 첫 옷은
초록과 검정이 섞인 '벨벳' 원피스였어.

올 겨울이 많이 춥대서
출퇴근할 때 그림이 너랑 입으려고
니트 원피스, 기모 레깅스 등을 잔뜩 사다 놨었어.
하지만 이렇게 매일 환자복만 입게 되었지.
사실 입원 직전엔 아빠를 꼬셔서
비싼 패딩도 장만할 생각이었는데… 벌 받았나 봐.

모 험 왕   그 림 이

파도랑 놀자

파도가 높이 오면 타고 놀면 그만이지.
그림이가 즐기는 법부터 배울 수 있게
엄마도 겁먹지 않을게.

지난 3주간 내 마음은
성난 파도 사이 조각배의 그것이었다.
의사 선생님이 좀 좋아졌다 하면
그날로 상태가 악화되고
이 증상이 나아졌나 싶으면
다른 문제가 발견되고.
이제 그냥 하루 또 벌었음에
감사하며 버티기로.
… 솔직히 아직 많이 휘청한다.

그래도 그새 그림이 태동은 일취월장했다.
강한 녀석. 장하다.

잘 자, 그림아

오늘도 잘 놀았지? 잘 자, 그림아.
내일 모험은 더 즐거울 거야.

검사 결과가 안 좋아, 가위에 눌렸다 깬 날.
어둡고 조용한 병실이 문득 무서워지는 밤.
그림이가 꼬물거리면 마음이 고요해져
꼭 안고 잠이 든다.

모 험 왕 그 림 이

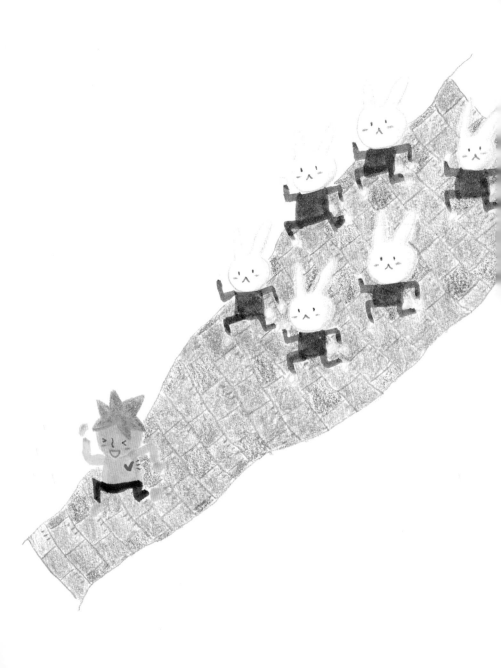

토끼는 두근두근

간호사 토끼들이 심장박동을 체크하러 달려온다!
그림이가 얼마나 씩씩한지 들려주렴.

"낼모레면 34주예요!"
"진짜 잘 버티셨어요."
"그림이 엄청 잘 놀고 있어요."
"그림이 많이 컸대요?"

낯설던 간호사 선생님들이 모두 그림이 응원군이 되었다.
내가 힘들 땐 같이 걱정하고, 희소식엔 함께 기뻐해주신다.
그림아, 세상엔 이렇게 좋은 사람들이 많아.
조금만, 조금만 더 기다렸다 건강히 인사드리자.

곰들에게 발차기

그림이는 발차기 왕!
초음파 곰들에게 멋진 킥을 보여주자.

이틀에 한 번 의사 선생님이 초음파로 그림이 태동을 관찰한다.
길면 40분도 걸린다는데, 그림이는 10분을 넘긴 적이 없다.
태동이 활발한 정도를 넘어,
초음파 기계를 쫓아다니며 발로 차대는 바람에
선생님이 미안해하며 얼른 끝내기 때문이다.
심지어 아침저녁 태동 검사 때는 내 배를 묶은 벨트를
양쪽으로 잡아당기기도 하는 것 같다.
나는 그림이의 패기가 무척 마음에 든다!

배에 닿는 모든 것을 공격하는 그림이지만
신기하게 내 손만은 가만히 둔다.
토닥여도 쓰다듬어도 조용히 안겨 있다.
어떤 밤에는 그것이 눈물 나게 짠하다.

벌새들의 주사

주사 벌새들이 날아온다!
그림아, 엄마 풍선을 부탁해.

11월부터 링거를 맞았다 뺐다 했더니
양팔이 주사 자국과 멍으로 뒤덮였다.
항생제 주사, 폐성숙 주사, 각종 주사로 단련되고
때마다 수시로 피도 뽑으니
이젠 주사를 졸면서도 맞는 경지.
나중에 그림이한테, 엄마 완전 센 사람이라고 자랑해야지.

모 험 왕 그 림 이

한 달의 모험

모험을 시작한 지 오늘로 한 달이 되었어!
우리 정말 잘해왔어, 그치? 앞으로도 같이 힘내자.

한 달 기념으로 달을 그렸다(뻔뻔).
부끄럽지만 고백하자면
그동안 여기 병원에서 태어난 아기들보다
내가 더 많이 울었던 것 같아.
이런 엄마 안에서 무럭무럭 자라
2킬로그램 넘어준 그림이가 세상에서 제일 고맙다.
지금도 내일 일어날 일을 알 수 없는 우리지만
이왕 버틴 거, 힘닿는 데까지 가봐야지.
아. 하룻밤 자고 나면 이틀 지나갔음 좋겠네.

하루의 모험

매일 새벽 5시 40분이 되면 혈압측정기를 끌고 간호사 선생님이 병실로 들어옵니다. 혈압과 체온을 재고 태동 검사를 시작합니다. 태동 검사는 산모 배에 감지장치를 묶고 최소 20분간 아기의 심박수와 산모의 자궁 수축을 측정하는 검사예요(보통 산모들은 분만 전에 많이 합니다).

무사히 끝나면 6시 40분쯤 아침을 먹습니다. 요즘은 환자식 대신 각종 과일, 요거트, 빵 등을 차려 먹어요. 후딱 먹고 양치하고 침대에 다시 눕습니다. 식후 30분은 꼭 누워 있어야 영양소가 아기한테 잘 간대요. 누워서 전날 빠트린 일기를 쓰고, 책을 읽습니다. 잠을 설친 날엔 졸기도 합니다.

8시엔 새로 교대하신 간호사 선생님 두 분이 와서 상태를 체크하고 8시 30분엔 전공의, 9시쯤엔 교수님이 회진을 와요. 9시 30분엔 간호사 선생님이 와서 혈압, 체온을 재고 그림이 심장박동을 확인합니다. 사이사이 계속 책을 읽거나 일기를 쓰다가 10시가 되면 여사님께 부탁해 침구를 교체합니다. 링거를 꽂지 않은 날엔 비어 있는 공용 욕실을 확인해서 재빨리 샤워도 합니다. 오래 서 있으면 배가 뭉치거든요. 서둘러 바디크림도 발라야 해요. 병실은 상상 이상으로 건조해서 이틀만 걸러도 온몸에

대재앙이 일어납니다(매일 코에서 피가 나오는 건 포기했어요⋯).

11시 30분쯤 엄마 발소리가 들려요. 양손엔 오늘 점심에 먹을 고기 반찬과 내일 아침을 위한 과일 등이 들려 있습니다. 환자식 반찬으론 부족하다고, 그림이 살찌우려고 외할머니가 매일 고생하세요. 엄마랑 한참 수다 떨다 12시 30분에 점심을 먹어요. 1시엔 또 혈압, 체온, 심장박동 체크를 해요. 2시쯤 엄마가 가시고 나면 스케치북을 꺼내 그림이 그림을 그립니다. 누워서 쉬엄쉬엄 그리면 한 시간에서 한 시간 반쯤 걸려요. 색칠을 열심히 할수록 생각이 없어져서 좋아요. 4시부턴 다시 책을 읽거나 가끔 영화를 봅니다. 아, 양수 측정과 그림이 초음파 검사(아침에 못 했다면)도 이때쯤 분만실에 가서 해요. 초음파 보는 전공의 선생님 표정이 어두워지면 덜컥 놀랄까 봐 주로 천장을 보고 누워 있다 옵니다.

금방 저녁 먹을 시간이 와요. 역시 엄마가 두고 가신 장조림 등을 꺼내 환자식을 보충합니다. 혈압, 체온, 심장박동 체크까지 마치고선 오늘 일기를 씁니다. 종일 누워 있는데도 쓸 얘기가 많아요. 9시 30분은 다시 태동 검사 시간입니다. 나는 밤에 배뭉침이 잦은 편이라 좀 긴장이 돼요. 진통이 심하면 자세를 바꿔서, 그래도 심하면 링거에 수액을 급속 투여하면서 상태를 봐야 하니까 힘든 날은 두 시간도 더 걸려요. 검사가 끝나면 녹초가 되어 잠이 듭니다. 힘이 남은 날엔 집에 있는 남편에게 전화해서 고양이 루

시랑 영상통화도 하고 자요(남편은 평일엔 면회 시간 맞춰오기 힘들어서 주로 주말에 봐요. 하루 종일 불편한 의자에 앉아서 내 심술을 받아줍니다).

나는 이렇게 매일 바빠요. 바빠야 우울할 시간이 없으니까, 수많은 검사를 받으면서 계속 음악을 듣고, 쓰고, 읽고, 보고, 그럽니다. 열심히 사는 하루살이가 된 기분이에요. 아기는 엄마 배 속에서 하루를 보내면 밖에서의 일주일만큼 큰대요. 밤마다 "오늘도 그림이 일주일 벌었구나" 한숨을 쉽니다.

지난 일요일엔 자궁 경부가 열려서 응급 수술까지 할 뻔 했지만, 어쨌든 지금껏 버티고 있어요. 최장기 입원 환자라 이 구역에서 제일 불쌍한 산모가 되다 보니 의사 선생님, 간호사 선생님, 여사님들까지 병원에서 마주치는 모두가 걱정하고 응원해줍니다. 이 마음들에 의지해서, 그림이가 건강하게 태어날 때까지 지낼 수 있으면 참 좋겠어요. 일단 오늘 남은 하루도 그림이랑 잘 지내고 싶어요.

모 험 왕 그 림 이

맛있는 나무

그림이 넌 커서 어떤 음식을 좋아할까?
엄마와 아빠 입맛은 같은 듯 달라서
네가 캐스팅보트를 쥐게 될 거야.

출산 전 먹고 싶은 거 다 먹어둬야 된다는 임신 후기.
내게도 당연히 길고 긴 '먹킷리스트'가 있었다.
단골집 파스타, 회사 앞 쌀국수, 닭갈비랑 볶음밥, 평양냉면,
미디엄으로 익힌 한우, 동네 맛집 짜장면 등등등….
하지만 난 한 달 전부터 병원 밥만 먹었고, 지금도 먹고 있고
앞으로도 먹다가, 곧바로 조리원 밥을 먹겠지. ㅠㅠ

그래도 열심히 먹는다. 하루 종일 과일 먹고, 견과류 챙겨 먹고, 염치없
이 그림이 외할머니한테 고기 반찬 얻어 먹고. 그렇게 배불리 먹고 누우
면 그림이가 기분 좋은지 계속 꼼지락꼼지락하는데,
그때가 제일 행복하다.

모험왕 그림이

메리 크리스마스

크리스마스니까,
오늘 밤은 꿈에서 다 같이 보내자.

하루 이틀 세다 보니
크리스마스가 진짜 왔다.
모두들 메리 크리스마스.

모 험 왕 그 림 이

이름 나와라 뚝딱

그림아, 그림아.
태어나면 어떤 이름을 갖고 싶니?

그림이와 보내는 첫 크리스마스!
엄마와 아빠는 병원의 텅 빈 산모휴게실에서
조용히 케이크를 나눠 먹으며 그림이 이름을 지어봤어.
너처럼 씩씩하고 멋진 이름이야.
마음에 들었으면 좋겠다!

힘이 함께하길

막막한 순간에 알 수 없는 힘이
도와주는 느낌을 받은 적이 있어.
그림이 가는 길에도 그 힘이 함께하길.

3차 병원 고위험 산모실에 머물다 보면
힘겨운 산모들을 수없이 마주치게 된다.
밤새 비명을 지르며 진통하는 산모,
임신 중독으로 위독해진 산모,
다른 병원에서 출산 중
과다 출혈로 급히 이송된 산모,
교통사고로 온몸을 다치고도
아기 때문에 치료도 못 받고 신음하는 산모….

병실에서 그들을 보고 듣다 보면
'우리는 왜 이 모든 것을 감수하고
엄마가 되기를 선택한 걸까요?'
답 없이 물으며 울고 싶어질 때가 있다.

그럴 때마다 기도를 한다.
저 엄마와 아기가 꼭 건강히 만나게 해달라고.
종교는 없지만 절박한 사람들을
도와주는 힘은 믿으니까.
그리고 나보단 남을 위한 기도가
더 잘 이루어진다고 들었기 때문이다.

그러고 보면 나랑 그림이가 이제껏 잘 버틴 것도
나의 가족이, 친구가, 그리고 당신이
대신 빌어주고 응원해준 덕분인 것 같다.
늘 고마워요. 고맙습니다.

Happy New Year

한 달 전, 아니 2주 전만 해도
그림이를 품은 채
2017년을 맞는 건
거의 포기했었는데,
아직 걱정들은 남았지만 이렇게 오늘이 되니
새해는 이미 참 복 많은 해인 것 같다.

그 복 우리 다 같이 많이 받아요. Happy New Year.

모 험 왕 그 림 이

고양이로 크렴

고양이 같은 사람으로 크면 좋겠다.
'나'를 사랑하는 고양이.
누가 뭐라든, 내가 행복하면 그만인 고양이.

요즘엔 무엇보다 비장하지 않으려고 노력한다.
그간 극단적 상황 속에서 극단적인 감정을 많이 겪은 내가
혹시 그 시간에 도취되어 마음 무거운 엄마가 될까 봐.
"지금 나는 그림이를 위해 희생하고 인내하는 것이 아니라
내가 선택한 그림이의 탄생에 책임을 다하고 있는 거야."
매일 다짐하고 있다.

나와 그림이의 관계가 죄책감과 미안함이 아니라
고마움과 애정에 기반한 것이었으면 좋겠다.
그림이가 태어나면 그래서
"이 못난 엄마 때문에 고생 많았다"라며 오열하는 대신
"그림이 최고였어. 그 동안 우리 너무 잘했어. 앞으로도 잘 부탁해."
신나게 말해주고 싶은데,
그 순간을 생각만 해도 벌써 울 것 같다. 망했어.

그림아 엄마 여기어 ✳

그림아, 엄마 여기 있어

밤마다 병원에서 진통이 심해져
그림이까지 겁먹은 듯 조용해질 때마다
배를 안고 제일 많이 해준 말.
"그림아 엄마 여기 있어."

엄마 여기서 꼭 기다릴 테니까
맘 놓고 잘 놀다 때 되면 만나자고,
있는 힘을 다해 속삭였다.

그림이를 안으면, 직접 말해줘야지.

새 모험의 시작

2017년 1월 6일.

그림이는 엄마와 똑같은 눈을 하고
건강하게 태어났습니다.

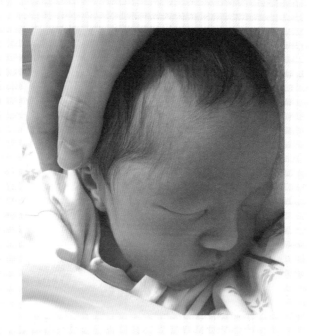

ㄱ림이

E P I L O G U E

내 옆에 그림이가 누워 있다.

얼굴도, 목소리도 모르면서 열 달 동안 그리워한 사람.
건강한지, 편히 잘 있는지 누구보다 궁금했던 사람.
만나기도 전에 나를 좀 많이 울게 한
나의 아기가 누워 있다.

책을 쓰는 것은 오랜 꿈이었지만
그 첫 책이 임신에 관한 것일 줄은 꿈에도 몰랐다.
"나는 평생 나 키우면서 살 거야."
어릴 때부터 가족과 친구들에게 이렇게 말하고 다녔다.
그러다 결혼을 하고, 내 마음이 이렇게 말하기 시작했다.
"이 사람과 아기를 낳아 키우고 싶다."
내가 사랑에 눈이 멀었지.

임신을 한 뒤로 모든 것이 바뀌었다.

쉬웠던 일들은 다 어려워지고

수만 가지 어려운 일들이 새롭게 생겨났다.

내 평생 가장 힘든 열 달이었는데, 다들 이건 시작에 불과하단다.

하지만,

내 옆에 지금

그림이가 누워 있다.

그럼 되었다.